U0033082

誰會說故事，誰就是贏家

讓你在幾分鐘內感動人心，說服任何人、做成任何事

金卓拉·霍爾 著
甘鎮隴 譯

STORIES THAT STICK

如果你正在自問你是否也有精采的故事可以分享、
你是否有說故事的能力、你是否該說出來，
那麼這本書就是寫給你的，
並且我給你的答案是，「是的」乘三次。

目錄

第二部

四種必要故事

每個公司企業都必須說的故事

第三部
創造你自己的故事
找出、塑造並說出你的故事

—序章—

斯洛維尼亞、ＪＦＫ，還有我老公如何慘遭說書人綁架

事發當天正值感恩節週末，近一萬公里外的人們享用著火雞和馬鈴薯泥，分享各自為哪些事心懷感激，然後在美式足球賽的轟鳴聲中昏睡在沙發上。

我沒參與其中任何一項活動……因為我當時在斯洛維尼亞。

我承認，我以前從沒料到自己有一天會說出「我在斯洛維尼亞」，唯一一次例外，是我在墨西哥度假的時候，碰到一名來自斯洛維尼亞的足球員，那一整天深深確信我一定會嫁給他。結果我現在真的在斯洛維尼亞——嚴格來說，「我們」在斯洛維尼亞。我和我老公麥克（他不踢足球）來到斯洛維尼亞的首都盧比安納，在有些潮濕的古雅鵝卵石路上漫步。我們雖然錯過了感恩節，但心中滿懷感恩，不只因為我們踏進了這座童話般的城市……

更因為我剛剛目睹了這輩子最精采的銷售故事。

深入解說前，我該先讓您知道一件事：故事就是我的人生、我的工作、我的貨幣、我觀看這個世界的方式。我在十一歲那年第一次開始說故事，故事從此尾隨我、尋找我，而我現在每天的工作，就是說明如何策略性地運用故事，並教導其他人怎樣說故事。

其實呢，我就是因為故事而跑來斯洛維尼亞。住在美國的我受邀來此，站在將近一千名來自東歐各地的行銷品牌經理、媒體執行製作人，以及廣告創意人面前，宣揚「說故事」在商業層面的力量。

所以你能想像，或至少感到好奇：我自己就是說故事專家，卻目睹了畢生見過最偉大的敘事妙招？

事情發生在那個十一月下旬的週末傍晚。斯洛維尼亞人雖然不過感恩節，但城中還是喜氣洋洋、熙來攘往，因為人們正在慶祝一年一次的「樹亮燈儀式」，為節慶假期揭開序幕。我和麥克走在數以千計的斯洛維尼亞民眾當中，他們享用著當地佳釀和路邊攤的火烤栗子，先吞栗子再吞更多酒。夜幕已至，空氣濕潤冰涼，家家戶戶都懸掛著聖誕飾品和串燈，為大街小巷染上了溫柔暖光。聖誕頌歌從市中心傳來，微微迴響。街道兩旁的櫥窗閃閃發亮，呼喚我們，邀我們深入探索。

好吧，這種說法不太正確，因為櫥窗呼喚的是我，不是「我們」。櫥窗對麥克才沒有任何呼喚效果，因為他從不購物，不逛街，不網購，不討價還價，基本上不參與任何形式的購物，平時幾乎什麼也不買。麥克是等到內褲的鬆緊帶徹底斷裂才買新內褲的那種人。說真的，他好像連皮夾也沒有。

隨著這趟歐洲之旅推進，我跟他在購物方面的天壤之別，也開始形成一種跳針般的對話：

我：哇！本地人的設計師精品店耶，我們進去看看嘛！

麥克：〔表現得好像根本沒聽見我說話，只是繼續往前走。〕

我：哇！本地人的掛毯店耶，我們進去看看嘛！

麥克：〔沒聽見我說話，繼續往前走。〕

我：哇！那間店裡所有東西都是用軟木塞做的耶，我們進去看看嘛！

麥克：〔掏出在這裡根本連不上網的手機，繼續往前走。〕

我：哇！剛出爐的麵包耶！

麥克：〔把瀰漫麵包香的空氣深深吸進體內，繼續往前走。〕

他這種反應沒惹火我是出於兩個原因。其一：我老早習慣了。其二：在這趟為期一週的旅行，我們只帶了兩個登機箱，再柔軟的麵包也塞不進有限的行李空間，所以我也沒試著說服他迎合我。

直到那天晚上，直到我看到……那雙鞋。

那雙令人垂涎欲滴的鞋子，驕傲地擺在一面明亮櫥窗內。

鞋子是亮銀色，稱得上閃耀動人。我也許是因為喝了酒（加上沒吃麵包），總之再也無法控制住自己。毫無防備的麥克還沒反應過來，已經被我拖進盧比安納市這條小巷的高級精品店。

店裡陳列著不拘一格的各種商品，從腕錶、首飾、工藝品到服飾應有盡有。我徑直走向那雙鞋，把不知所措的麥克丟在香水區。

結果我大失所望，因為這雙鞋在近距離下顯得品味低俗，亮晶晶到讓人眼睛快瞎掉的程度。我發現自己是被這雙鞋以強光遮醜的方式欺騙了，心中立刻浮現丟下麥克所造成的罪惡感。我急忙跑回這間店鋪的前側，看到麥克試著躲在一座旋轉展示架後面，架子上放著一瓶瓶香水。我正準備拉他走出店外、返回安全的鵝卵石街道，這時一名斯洛維尼亞裔的店員彷彿憑空出現，從香水櫃臺後面走來。此人看似二十幾歲，顯然不打算放過我們這票生意。

「不好意思，先生，您在尋找某種特定的香味嗎？」他朝麥克呼喊，彼此只相隔十幾公分。

我心想：唉，慘了，這可憐的孩子真不會挑客人……

麥克當然沒在挑選什麼特定的香味。先不說挑選香味並不代表就要買香水（我剛剛已經說過他鮮少購物），更因為他根本不擦香水，一次也沒有，他對香水從不感興趣。他之所以站在香水櫃臺旁邊，純粹因為他需要找個地方站立兼躲藏。

我試著向店員說明這點，但他似乎根本不在意，只是優雅地伸向展示櫃的上層架子，拿下一個藍白條紋的盒子。

「這是本店最暢銷的產品。」他說話時溫柔地端著香水盒，我注意到他的手指異常修長。我跟老公做好心理準備，等著被店員強行噴灑香水。

但這名店員根本沒打開盒子，只是原封不動地把它放在玻璃展示櫃上，綻放男人那種自信十足的微微一笑，接著開口。

出色的綁架者艾特博比

「這個香水名叫……艾特博比（Eight & Bob）。」他說下去，「一九三七年，一名年輕英俊的美國大學生在法國蔚藍海岸地區旅行，他雖然才二十歲，卻已經散發出一種與眾不同的氣質，見過他的人都看得出他是明日之星。」

年輕店員停頓幾秒，確認我們是不是正在專心聽。我們真的有在專心聽。

「有一天，這名年輕人在鎮上閒逛，遇見一位名叫亞伯特．弗凱的法國人，這個人是巴黎貴族，也是個香水行家。

「這名年輕人當然不知道這位法國人究竟什麼來頭，只知道對方身上散發一種不可思議的芬芳。弗凱雖然從未出售過自己使用的香水，但在這名魅力十足、野心勃勃的美國青年說服下，願意跟對方分享這個神奇古龍水的少許樣本。」

我瞥向麥克，發現他眼睛連眨也沒眨一下。

「兩位一定能想像，這名年輕人回到美國後，周圍的人也對他身上的香氣深感著迷。他本身就稱得上魅力非凡，而在這股芬芳的加持下，更是令人為之陶醉。這名年輕人知道自己挖到寶，因而寫信懇求弗凱再寄八瓶過來，還註明『一瓶要給博比』。」

麥克雖然一言不發，但臉上已經提出店員會立刻做出答覆的疑問。

「博比是這個年輕人的弟弟，至於年輕人本人呢……你們大概都叫他約翰，或簡稱『J』。」店員在句尾刻意輕聲細語。

麥克忍不住說出兩個字母，嗓門極輕，簡直就像發現了大海盜獨眼威利留下的寶藏。「ＦＫ。」

「正是。」店員點頭，「這個年輕人就是ＪＦＫ，約翰．費茲傑拉爾德．甘迺迪，而其中一瓶香水就是要送給他暱稱『博比』的弟弟羅伯特。」

這一刻，我在這場互動中已經不再是參與者（好啦本來就不是），而是成了旁觀者。我雖然很想知道艾特博比這個故事如何收尾，但我更感興趣的是，我老公在我眼前演出的這個故事。

「這就是約翰．甘迺迪用的古龍水？」麥克語帶驚奇。

「正是。」店員說下去，「相信您也知道，美國和法國之間的關係並非向來良好。我雖然不是歷史學家，但也知道在那段期間，想寄送幾瓶古龍水可不容易。為了避免最後一批貨物落入德國納粹手中，最後幾瓶香水是藏在——」

店員停頓幾秒，盯著嘴巴好像有點微張的麥克。

「書裡。」話音剛落，店員打開剛剛從架子上取下的盒子，裡頭是一本書。他把書攤開，只見書中紙頁被工整地挖開一個洞，其中擺放著一支晶瑩剔透的水晶玻璃瓶。

在這一刻，麥克說出我以前從沒聽他說出口的三個字。

「我買了。」

一個故事讓人願意買下連聞都沒聞過的香水

我在這一刻清楚明白一個真相：我老公被綁架了，現在在我面前的是冒牌貨，是個竟然會掏錢買香水的外星人，而且買的是連聞都沒聞過的香水。

但我當然知道真相才不是這回事。麥克在斯洛維尼亞這間店鋪裡的變化，對地球人來說正常得很。事實上，他對店員這番努力所產生的反應最符合人性。

因為，只有一種力量勝過男人堅決不掏皮夾的決心……

只有一種魅力比約翰·甘迺迪本人還吸引人……

就是令人難以抗拒的「故事」。**一個氣氛營造絕佳、說得精心巧妙的故事，能把我們拉到超越「頗感興趣」的程度，直接越過「專心聆聽」的高度，進入「神魂顛倒」的狀態，「沒辦法移開視線」「唉唷害我坐過站了」的那種。**每個人在聽故事的時候，都會像我老公在這一刻那樣，彷彿被一種無法抗拒的力量掌握。

人會產生這種感受當然有原因。你在接下來的篇幅中將領教到，我們在邂逅一個動人故事時是真的不能自已。精品店店員開始敘述艾特博比的故事時，身為聆聽者的我們就產生了一種變化，在理解方面，還有欲望方面。

而這就是大多數人在追尋的變化。故事的起承轉合所產生的效果，絕非只是讓人想掏錢買香水，在生意上更能帶來龐大效應，能把顧客轉變成信徒，把員工轉變成福音傳教士，把經理轉變成領袖。這股力量改變了行銷的本質和影響力，而最重要的，或許是能改變我們如何看待自己。

這本書就是要教你這種轉變如何發生、你能如何利用說故事的力量來開創這種轉變。

◎　◎　◎

可惜造化弄人，精品店裡唯一一瓶艾特博比就是架上的展示品，我們連買都買不了。店員興致勃勃地對我們說故事的時候，忘了先確認有沒有存貨。我們雖然沒能把那瓶香水帶回家，但這不僅完全沒澆熄麥克的熱忱，反而火上加油。

我這個平時冷靜沉著的老公突然變得熱血沸騰。離開那家精品店想找個地方小酌的時候，麥克的話語和動作都像個熱情十足的歐洲人。他大讚那瓶香水的精緻包裝如何完美搭配歷史背景，他能想像那股人間少有的絕妙芬芳，悄悄避開納粹魔爪，送進白宮時八成也是避人耳目，美國總統的辦公桌上曾豎立著暗藏瓶裝香水的神祕書本。

「我們應該爭取這個香水的北美經銷權，」他說，「這玩意兒太神奇了，應該推廣給全世界的人知道。」

讀者大人您別忘了，我們到現在還沒說到那瓶古龍水究竟是什麼味道，因為它是什麼味道根本不重要。我們當晚回到下榻酒店後，決定隔天在趕飛機前再去那間店一趟，看能不能湊巧趕上店裡補貨。

⟡ ⟡ ⟡

我們隔天早上來到店裡，沒看到昨晚那名店員。取代他的是一名中年女子，她說艾特博比依然缺貨。

我好奇地問她：「能不能跟我們說說這種古龍水？」

「讓我想想，」她沉思片刻。「這個系列商品一共有五種味道能選。呃，」她費勁地思索，「原料是來自，呃，法國的特有植物。這個香水似乎很受歡迎，包裝得也滿不錯。」然後她的腦汁徹底絞盡了，就這樣。

這兩次體驗之間的差異大到嚇人，簡直就像我們昨晚有幸在一家精品店裡遇到魔術師，結果這間店隔夜就成了便利商店。

這令人震驚，但其實很常見。我在自己的工作領域上，天天都會見到這種表達方面的悲劇，像是銷售團隊想介紹一套解決方案，卻不知道如何說出背後的精采故事；行銷人員就是沒辦法有效吸引潛在買家的注意；公司文化無法茁壯，而是枯萎，因為領導層無法有效描述公司選擇這門生意的背景故事。

好消息是，解決這個問題並不需要神奇魔法。在接下來的篇幅中，你將發現說故事能改變一個業界的人們如何思考、感受與行動，而且你能如何運用這種力量。

還有，想學會如何說故事，絕不表示你非得親自跑一趟斯洛維尼亞，雖然我真的大推去盧比安納度假。

第一部

人就是愛聽故事

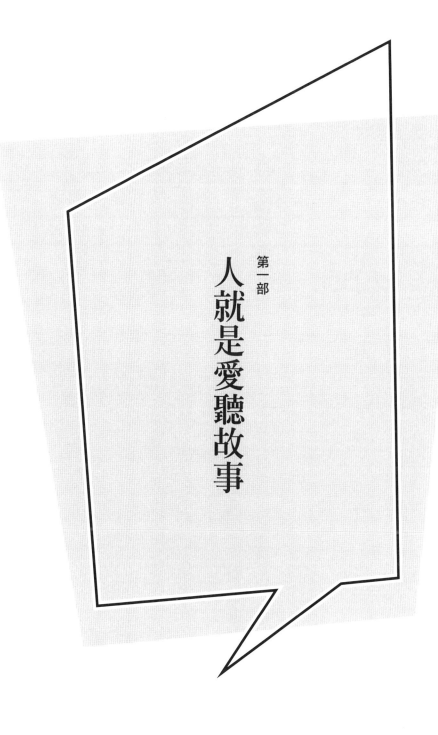

第一章

懂得用故事造橋，你就會做生意

人與真理之間最短的距離，就是一個故事。

——戴邁樂，印度耶穌會神父暨心理治療師

我讀高中的時候，學校裡最帥的男生名叫安迪．K。說真的，他從小學三年級開始就一直是全校最帥的男生，一直沒人知道究竟是為什麼，可能因為他明明是在五月出生，但他爸媽刻意等到隔年秋天才送他去上學，所以他的年紀比同年級的學生都大；也可能因為他是一等一的運動好手，不然也可能只是因為他似乎對所有人事物都冷眼相待。

無論原因是什麼，總之在我高一那年秋季的某天下午，安迪邀請我跟他共享一罐威路氏葡萄汽水，這一刻注定了我整個高中生涯的命運。安迪覺得我這個人還不賴，而這就表示其他人也必須覺得我這個人還不賴。

當時是一九九四年，你的「社會接受度」有多高，就是看你跟別人分享什麼東西，例如姊妹淘專用的那種半心形配對項鏈、幾罐汽水，而另一個最為知名的指標就是幾包益齒達（Extra）口香糖。

我記得當年出門的時候，必定隨身攜帶一包亮綠色的益齒達口香糖，裡頭有三十片，每片都用錫箔紙個別包裝，再用一塊白色紙片大略固定。這種包裝方便你一次抽出一片，被抽出的口香糖會在盒子裡留下少許痕跡。這玩意兒最適合跟朋友（還有你有點攀不上的男生）分享，每一盒分完的口香糖都是「社交貨幣」的象徵。

事實證明，不是只有我相信益齒達口香糖在社交方面的威力。數年來，這個「箭牌」公司推出的口香糖一直穩坐口氣芳香錠的圖騰柱頂端。正在逛雜貨店？順手買包益齒達吧。再過幾天就要去看牙醫？別忘了益齒達的功效喔。益齒達是首屈一指的品牌，始終稱霸市場，直到突然有一天……這不再是事實。

二〇一三年，我的「給我益齒達，其餘免談」高一生活結束將近二十年後，益齒達這個標誌性品牌已經下滑至第三名；就連我這個一度死忠的顧客，在店裡瀏覽一排排口香糖的時候，竟然也沒注意到益齒達。

你先別替益齒達感到難過，尤其先別認定這是他們自己的錯、他們一定犯了某種顯而易見卻又無可避免的天大錯誤。我先把話說清楚：這在商業界其實是根本上的問題。會碰上這個問題的，不是只有益齒達和放在貨架上的商品，而是所有生意人。

追根究柢，益齒達面臨的困境就是所有生意人面對的問題：如何搭橋來跨越鴻溝。

生意上的鴻溝

做生意的目的，就是透過能獲利的方式，把一項具有價值的產品或服務提供給顧客，從A點（你的公司企業）送去B點（使用該產品或服務的人們），如此而已。達成這個目標的辦法當然有百百種，但總體來說，目標本身相當簡單明瞭。

雖然簡單明瞭，但絕不簡單輕鬆。任何一個值得達成的目標都伴隨著障礙，做生意碰上障礙更是家常便飯。那麼，你該如何說服人們願意購買你的產品？願意投資你的公司？你該如何吸引人才？如何保留人才？你該如何說服某個部門及時採取行動，解決一個其實只攸關另一部門生死的問題？你該如何說服高層主管願意接受某個構想？號召直屬部下們一同參與某個企畫案？你該如何確保供應商一定會如期交貨？

無論你面向何處，在每個轉角的後面，從各個角度看去，障礙必定存在。事實上，一門生意能否成功，就取決於能否跨越障礙。

但我發現一個更有幫助的想法：別把生意上的障礙想成令人生畏、不動如山的阻礙，而是把它想成「間隙」，你的「目標」和你「目前所在」這兩者之間的距離，也就是「鴻溝」。

商業界中最明顯的鴻溝，就是顧客與公司之間的距離。公司該如何把產品或服務送到需要的人們手上？你在雜貨店排隊等著付帳，瞥見周圍二十種口香糖的時候，益齒達要怎樣說服你選擇它？

行銷層面的鴻溝固然是重要問題，但商業界到處可見各式各樣的鴻溝。創業者和潛在投資者之間，雇用者和潛在受雇者之間，經理人和員工之間，領導層和執行者之間都有鴻溝。

想讓一門事業獲得成功，你就需要透過造橋的方式，來縮小這段距離。

更重要的是，誰有辦法把差距縮到最小，誰就是贏家。如果你在販售、推銷、招募、製造、開創和連結等方面都做得比對手更好，你就贏了。

誰能成功消弭鴻溝，誰就贏得了比賽。

當然，為了達成這個目的，你必須「搭橋」。

而一切就是在這個環節上分崩離析。

用料差，橋就成了豆腐渣

無論你在生意上面對什麼樣的鴻溝，都必須掌握三個主要因素，才有可能搭起一座夠堅固的橋，讓你能跨越鴻溝、接觸目標客群（例如潛在客戶、關鍵團隊成員和投資者）。這三個要素分別是**注意力**、**影響力與改變**。

最首要也最重要的是，一流的橋梁必須能捕捉人們的注意力，能使聽者為之著迷，好讓他們知道這座橋的存在。第二個要素是影響力，是指你能透過某種手段促使聽者做出你想看到的行為。第三，如果你不想天天搭橋跨越同一條鴻溝，那麼一流的橋梁本身就要能改變聽者，創造出一種長期影響，讓人從內心產生變化；如此一來，他們再也不會考慮走回橋的另一頭，鴻溝也就此永遠消失。

聽起來簡單明瞭是吧？

問題是，嚴格來說，「悲劇」在於，我們雖然投入大量心血，但真的很不擅長造橋。一般人會把精神集中在其中一個要素上，頂多兩個，很少有人能同時顧到三個。大多數人平時只「對」某人說話，而不是跟人「對話」。我們習慣選擇最輕鬆或最酷炫的選項，結果搭起的橋軟弱無力、搖搖欲墜，有時甚至到了荒謬可笑的程度。然而，正因為這些不合格的解決方案俯拾皆是，我們還信誓旦旦地以為這類辦法已經夠用了。

你回想一下張貼在公車站廣告看板上的房仲臉孔、你上網時本能關掉的彈出式廣告，還有你跳過不看的一大堆廣告短片。二〇一六年重燃星際大戰風潮的那陣子，有個傢伙站在我家附近的美髮沙龍門口，打扮成黑武士達斯．維達，手裡舉著一支吹風機，想吸引人們進去弄頭髮。達斯．維達跟美髮沙龍之間究竟有啥關聯？我猜不透，畢竟黑武士平時總是戴著頭盔，總之那傢伙就是站在美髮沙龍門口。

你想像一下另一幅畫面：推銷員在決策者面前推銷某個構想，手持一枝能遙控翻頁的雷射簡報筆。這位推銷員覺得信心十足，簡報雖然只有二十分鐘，但她事前花了六個多小時，把所有產品功能、優點、統計數字和小數點全塞在八十九張投影片上，就算這些文字和數字太小也太雜，聽眾根本看不清楚，可是這不重要，因為推銷員打算把畫面上的內容朗讀給大家聽。怎麼可能有人拒絕這種貼心服務？

唉，這種橋不是好橋。如果有誰跟你說這種橋很棒，這個人鐵定是騙子。

來看看我們為了開創健康的「公司文化」，而在組織內部搭起的橋梁。也許你的公司始終努力營造公司使命和文化，這當然是好事，可惜他們是透過員工手冊來宣揚公司文化。領導層發電子郵件和內部新聞給員工，或站在講臺上演講的時候，常常直接把使命宣言裡的文字複製貼上，有時候甚至印在馬克杯上。問題是，真的有人對這些宣傳產生「感情」嗎？他們很熟悉這些文字，但是否打從心底覺得感動？這些文字有沒有影響他們的決策，創造出強烈的責任感？

原本是有這種可能的，可惜大多數的公司和領導層都接受了某個謊言：只要天天重複使命宣言，就足以團結並鼓舞各個團隊。事實是，只要吹來一陣微風，只要另一間公司跑來獵頭，答應稍微多給一點薪水或福利，這種橋就會像〈倫敦鐵橋垮下來〉的歌詞那樣垮下來，垮下來……

話雖如此，我覺得有必要說清楚：沒錯，跨越鴻溝也許可以不需要注意力、影響力和改變這三個要素。搭橋的時候「也許」可以選用廉價建材，選用傾向於「及時行樂」的心態，而非「長期成長」的藍圖。例如，我得坦承，我對Instagram上那些可愛運動服的廣告照片毫無招架之力。我常常點開這種廣告，有時甚至直接下單。但每次有人問我有什麼嗜好的時候，我會說我的嗜好之一就是把這些東西拿去優比速快遞門市退貨——我在Instagram廣告上買的東西，其中有九成都會退掉。

這應該不是你想要的行銷效果。

你投資行銷，應該不是為了看到產品被退回、被遺忘。你應該不喜歡成天拿「慶祝某某節」當理由大砍商品價格。你應該不喜歡推銷個老半天但人家就是不掏腰包。你應該不喜歡員工把你的話當成耳邊風。你應該不喜歡在社群媒體上發文但沒人點閱。你應該不喜歡在公司發起無聊的競爭活動，就為了達成一個沒多大意義的成果。你雇用、訓練並給予頂尖員工各種獎勵，應該不是為了看到他們在你拿走報酬（或拿出比平時少的報酬）的瞬間立刻另謀高就。

如果你的事業，或通往成功的路上，出現了似乎就是無法跨越的鴻溝，問題很可能出在你造橋時使用了（或沒使用）哪些素材。

接下來的問題是，什麼辦法才有效？如果你用過的這些策略都沒有效果，那究竟什麼方法才有用？有沒有什麼辦法能同時捕捉聽者的注意力，影響並改變他們？你該如何打造出能一勞永逸地跨越鴻溝的橋梁？

益齒達口香糖曾急著找出同樣的答案。

能跨越鴻溝、永續存在的造橋辦法，就是說故事

銷售額持續下滑，原本能輕鬆衛冕的「口香糖之王」的頭銜也不再穩固，益齒達必須想想辦法。他們一開始採取的是我們常用的辦法——走老路，回頭採用益齒達在風光時期用過的老方法，強調益齒達眾人皆知的特點：香氣持久。你如果在八〇年代打開

電視看情境喜劇，一定會看到廣告上那些笑嘻嘻、過爽爽的人們嘴裡嚼著同一塊口香糖，好像幾星期都沒吐掉但甜味依舊。

香氣持久！這是顯而易見的答案，所以益齒達的團隊設計出更多訊息，想傳達益齒達的「Extra」（按：「格外」之意）是多麼「Extra」。成果如何？糟糕透頂。首先，這波廣告幾乎沒引起多少人注意（你現在就算上YouTube搜尋也找不到），更別提發揮影響力。銷售額繼續下滑。

鴻溝依然存在。顧客站在雜貨店走道上、判斷買哪家口香糖的關鍵兩秒中，還是沒選擇益齒達。益齒達決心找出答案，於是聘請一家研究公司去弄清楚人們為什麼會買口香糖、究竟在哪一刻做出購買口香糖的決定。

研究發現令人出乎意料：購買口香糖的決策過程，九五%是在潛意識中進行，消費者根本沒察覺到自己做出這個決定。意思就是，喪屍般的消費者在選擇「如何讓口氣清新」的那瞬間，如果益齒達想趁機成功跨越鴻溝，就必須想辦法植入人類的心靈深處，必須在這個不太在乎「邏輯」的重要場所扎根。在這個心靈深處，買口香糖這件事不只關乎口香糖本身，而是人類體驗。

也就是說，益齒達需要促使消費者願意走過這座橋。

但究竟該怎麼做？而且這種辦法適不適合口香糖這麼高度商品化的產品？

益齒達找到了成功的解決之道，而無論什麼情況，無論鴻溝有多深，這也是能讓你獲得成功的解決之道。**不管你販賣什麼樣的產品、目標客群是誰，都能捕捉注意力，影響顧客的行為，並改變走過橋上的每個人——這個最簡單也最有效的造橋辦法就是說故事。**說故事的成果便是永久消弭鴻溝，使橋梁永續存在。

到頭來，只有故事能深植人心。

說故事的三大要素：注意力、影響力和改變

深入這個話題之前，容我先澄清一件事：這本書雖然是關於生意中的敘事手段，但我不是在投入商業界才體驗到說故事的威力。我不是先在哪家行銷公司或銷售團隊工作才發現故事的力量。

相反的，我的個人經驗就是從說故事開始。我是之後才想到可以運用在商業上。先前說過，我在十一歲的時候第一次說故事，那是我五年級的英文課作業。之後，我在所屬的教會裡為了娛樂大眾而繼續說故事，上高中後還加入了演講校隊。畢業後，我在全國各地的「故事節」活動說故事。我參加過大大小小跟說故事有關的工作坊、度假營和大會；我曾坐在大師級說書人的腳邊，他們無須刻意就能抓住數百名聽眾

的注意力。這些說書人能讓小小的一刻充滿偉大的意義，唯一的工具就是他們能巧妙運用的敘事能力。

這些最單純的故事和敘事型態，讓我初次目睹了故事擁有多麼令人難以抗拒的力量，其中就囊括了造橋三要素：注意力、影響力和改變。

讓注意力轉變為著迷的故事力

我最近和幾位在高等教育擔任行銷主管的人士共進午餐。他們責怪顧客（也就是十七歲青少年）的注意力太過短暫，而我的「想辦法說出更精采的故事，而不是想辦法把話說得更短」這項提議，似乎引發了一些爭議。其中一名男士按捺不耐煩的情緒，問道：「這些顧客的記憶力比金魚還糟，妳說我們該怎樣把長篇故事納入教學？」

這是個好問題，但這個問題本身也有問題。首先，你如果聽說過金魚的記憶力多麼短暫，那我現在就可以告訴你，這其實是個迷思，金魚的記憶力沒那麼差。

第二，他這句疑問是暗指「訊息接收者」本身有錯，這種心態也等於撇清「訊息製作者」的責任。人們沒注意到你，也許是因為你的主題標籤（hashtag）在現實生活中並不重要。

最後也最重要的是，他提出的疑問揭露了一個微妙的想法，以為「行銷者」與

「聽者的注意力」的關係必定衝突不斷。但事實上，只要方法得當，你其實並不需要用偷搶拐騙的方式從聽眾身上獲得注意力，他們反而會平順又自願地主動交給你。而且許多案例指出，聽眾這時候根本沒意識到自己會配合。

讓聽者願意交出注意力，就是說故事的強項之一，源自其他形式的「訊息交換」都缺乏的某種特色：**說故事其實是個「共同創造」的過程**。訴說者說故事的時候，聆聽者接收字句，並把自己創造出來的影像和情感投射其中。沒錯，故事是關於某個角色在某個場景的遭遇，但聆聽者會把自身經驗填入故事裡，直到訊息本身和訊息接收者之間的界線變得模糊。許多研究人員探索說故事的這個層面，發現這就像一個人在故事的「敘事運輸」過程中迷失了自我。有些學者甚至聲稱這就是故事的負面特色之一：我們如果徹底把自己輸送進一個故事，就會失去對周遭環境的注意力。你如果曾因為收聽故事廣播或有聲書而坐過站，一定非常熟悉這種效應。回想一下，你在那一刻有覺得被誰逼著交出你的注意力嗎？沒有。你是自願進入故事的世界，你的注意力就是在這一刻轉變成更珍貴的東西：**著迷**。

用故事來讓聽者著迷，就像我在斯洛維尼亞那間精品店裡目睹的故事，聽眾就會給你源源不絕的注意力。

讓人自願參與其中發揮影響力的故事力

故事就是因為擁有魅惑效果（嚴格來說是這種效果造成的附加效應），而擁有一種與生俱來的說服力。研究人員也針對這點做過實驗，發現聽眾沉浸於故事的時候，不僅會為了跟故事產生共鳴而改變原本的態度，甚至會放下平時的審查心態。我會在第四章更詳細探討這種心態。

我們聽故事的時候，抗拒心態會逐漸消散。透過故事，我們雖然沒親自品嘗過故事中的食物，卻也想造訪所在餐廳；雖然沒嗅聞過故事中的香水，卻也想買一瓶。故事讓人們愛上某個產品、欣賞某項服務的價值，而且覺得必須做出行動。斯洛維尼亞那位店員訴說艾特博比的故事時，我們並不覺得他試著欺騙或說服我們，反而覺得我們是自願參與其中，是出於個人意願而做出行動。我不知道你怎麼想，但我覺得那次體驗是讓聽者願意走過橋梁的一個很好的方式。

令人迫不及待發生長期改變的故事力

我們現在知道，故事能把聆聽者帶進故事的世界裡（注意力），也知道聽眾越專心聽故事，就越可能採納故事中的觀點（影響力）。至於第三個要素，研究也發現聽者從故事中回過神的時候，整個人其實已經產生變化，這種改變不是只持續一、兩分鐘，而是長期。

你有沒有過這種經驗：走出電影院後，覺得故事跟著你回家，有一陣子揮之不去？聽了朋友說了某個故事後，覺得它成了你整個人的一部分？我曾經跟兩個朋友分享過一個故事，是關於我認識的一個女孩，她在一場悲劇性的溺水事故中失去了幼小的女兒。那兩個朋友到現在還會跟我說他們永遠不會忘記那個故事，而且每次用完兒童充氣泳池後一定會把水放掉。

這種永久影響力不是只存在於好萊塢電影和悲劇故事，而是存在於任何一個說得好的故事。艾特博比的香水故事不是只把聽者變成信徒而已——我和麥克就是因為這個故事而成了信徒——我們倆被這個故事改變，等不及跟別人分享。我們變得就像那個店員，他對我們說這故事的時候，態度就是興奮得迫不及待。**想分享故事的欲望，就跟咳嗽一樣既迫切又深具感染力，而且持續效果遠比感冒長久**。

故事引發的改變甚至能觸及聆聽者以外的範圍，有時候一個故事就能改變訊息本身。「跨越生意上的鴻溝」這項任務也許看起來就像交易，目標只是把顧客和投資人從A點送去B點。我們很容易因為忙於例行公事和履行職責，而忽略了這一切底下有個更宏偉也更高貴的理念，而且……就叫我樂觀主義者吧，不管你做的工作看似多麼沉悶，但我相信這份理念永遠在那兒。想促使員工把注意力重新聚焦在這個高貴理念上，就必須利用說故事的力量來改變人心。

我曾經跟一家運輸公司合作，他們唯一的使命就是把東西從某處送去另一處，但他們明白這份工作是為了協助顧客信守承諾。這就是高貴理念。

我曾經跟幾家產權公司合作，他們表面上好像只是處理房貸和房屋買賣過程的文書人員，缺乏靈魂而且吹毛求疵，但在他們自己的認知裡，正是他們的努力讓「美國夢」得以成真，人們能安心地買下屬於自己的窩。這就是高貴理念。

在商業界，總是有某種你看不見卻至關重要的東西正在運作，而你如果能說出它的故事，就能徹底改變一門生意。

益齒達口香糖就是決定說出超越產品本身的故事。

益齒達口香糖與究極的故事之橋

大量的研究和顧客心理分析，讓益齒達認清一個事實：消費者在排隊結帳的關鍵兩秒中，主要是由「潛意識」決定買什麼口香糖。為了成為消費者首選，益齒達必須透過某種看似旁觀卻又真實的方式觸動人心，而且早在人們排隊結帳之前就要採取行動。「香氣持久」這種缺乏感情的訴求，並不足以跨越鴻溝，所以益齒達決定玩得更大。

他們透過更多研究發現，驅使消費者購買口香糖的深層情感之一，是「在社交場合與人分享」。這不只適用於口香糖，其他類似的口氣芳香錠產品，像是滴答爽口糖（Tic Tac）和歐托滋喉糖（Altoids），也刻意把產品設計得鼓勵消費者與人分享。

這造就了雙贏局面：分享者因慷慨大方而贏得社交分數，製造商也得以賣出更多產品。就像貨運公司不只是把貨物從某處送往別處，產權公司不只是處理文件和簽名，只要你願意把口香糖看得更重要，而且願意把它當成重要物品來販賣，它對人們的重要性就不只是香氣持久。

口香糖的真正意義，在於人與人之間的親密接觸、互動連結，這一切對「人類體驗」來說都相當重要。只要益齒達能找到辦法，在人們盯著一排排口香糖時觸動這種情感，消費者心中就會閃過口香糖擁有的重大意義，也就會跟益齒達產生情感連結，進而決定購買。

二〇一五年，益齒達投放了一支兩分鐘長的影片廣告，片中男孩叫胡安，女孩叫莎拉，但重要的不是這兩個名字，甚至不是口香糖本身，而是影片中的故事。

影片開頭在一所高中，我們瞥見莎拉的倩影，她是那種鄰家女孩型的漂亮少女。鏡頭對準她的臉時，她微微一笑。我們在下一個鏡頭得知她為何微笑，應該是說她對著誰微笑：原來是眼神溫柔、英俊帥氣的小夥子胡安。他也回以笑臉。

幾秒後，我們看到莎拉站在置物櫃前，課本不小心掉在地上。在命運安排下，胡安正巧在場，幫她撿起課本。莎拉為了道謝，向他遞出一片益齒達口香糖。這是我們在片中偶爾瞥見口香糖的其中一次。

隨著兩分鐘的劇情推演，我們透過幾個片段，目睹了胡安和莎拉的關係如何進展：在胡安車上初次接吻，後來第一次吵架，兩人就像一般的高中孩子那樣墜入愛河。然後我們看到莎拉人在機場，她要離開了。下一個畫面就看到莎拉身在某座大城市的高樓辦公室裡。還記得《綠野仙蹤》的桃樂絲嗎？她突然發現自己不再身處堪薩斯州，我們也突然發現自己不再是高中生。眼前已宛如現實生活，影片的畫面不再像前半段那樣鮮豔明亮。莎拉和胡安試圖透過視訊維繫感情的片段，更讓人覺得格外冰冷。

你如果上YouTube觀看這支影片，在視訊這場戲把游標移向螢幕底端的時間軸，就會發現影片已經播了一半，沒剩多少時間能讓兩人修補感情了。你也會發現，明明觀看這支影片才沒多久，卻已開始在乎他們倆能不能繼續走下去。我們晚點會再討論這點。

影片只剩幾十秒的時候，場景轉換，莎拉走進一個四下無人的空間。好像是打烊的畫廊？也許是沒擺放桌椅的餐廳？我們不得而知，莎拉似乎也一頭霧水。

她環視周圍，注意到牆上掛著一幅幅小型裱框。她走向第一幅，發現是塗鴉：一個男孩在置物櫃前幫一個女孩撿課本。莎拉綻放笑容，我們也會心一笑。

第二幅塗鴉：一個男孩坐在汽車前座，親吻身旁的女孩。

莎拉走過每一幅圖畫時，我們意識到這些塗鴉記錄著兩人交往的片段，也因此回想起他們之間的美麗愛情。

且慢！「回想起」？影片只看了七十秒，我們連消化的時間都不夠，更別提回想起什麼，但心中卻充滿一股懷舊之情，懷念胡安和莎拉的昔日時光，也懷念我們自己的愛情故事。這兩邊的畫面似乎彼此融合。

莎拉來到這排裱框的末尾。

我屏住呼吸，看著她朝最後一幅畫走近。

她瞪大眼睛。畫上的男孩單膝跪地，手裡舉著一枚戒指，向女孩求婚。

等一下！這根本莫名其妙，胡安什麼時候求過婚——

我們的潛意識思緒消散，嘴巴張開，眼眶灼熱，因為莎拉轉身看到胡安單膝跪地，手裡舉著一枚戒指。兩人互擁，畫面回到最初的互動：一個美少女對一個好男孩微微一笑，然後兩人走到現在這一步。

我重複看了這支影片好幾次，這算是必要功課，畢竟本章主軸就是圍繞於這個故事（益齒達如何扭轉乾坤）中的故事（當胡安遇上莎拉）。我雖然看過好幾回，但每次看還是深受感動。

我現在寫下這些文字的同時，其實坐在一架轉機航班裡，翱翔於一萬公尺的高空。我用筆記型電腦連上Wi-Fi，找出這支影片，直接按下播放，也立刻被帶進胡安和莎拉的世界。兩分鐘後，我淚流滿面，拚命吸鼻子。換做平時，我會在意旁人的眼光，擔心身旁乘客對這坐在7A座位上的愛哭鬼做何感想。但我身旁的老兄超愛抖腳，這兩小時害得整列座椅震個不停，所以我覺得自己跟他扯平了。

還有一點很重要：我最近把手機換成了iPhone X，所以手邊的耳機沒辦法插進筆電的耳機孔，看影片時只能關掉聲音。我強調這點，是因為有些人在看完這支影片後，會認為是配樂讓這個故事格外感人。但就算當成默片來看，這個故事還是扣動了我的心弦。出於某種原因，胡安和莎拉的故事就是讓我想重複觀賞。看著這支影片時，我突然變回高一新鮮人，我想起安迪．K遞來葡萄汽水、對我微笑的時候，感受到的興奮、天真和美感。雖然我跟他的故事不是以求婚收場，但透過一場身歷其境的旅程，追憶往昔而產生情感波動，這就是益齒達追求的目標，而且大獲成功。

我可能有必要提醒你：在這一刻，我對你說的這個故事，胡安和莎拉這支影片，重點其實是口香糖，就是你隨便買、隨便嚼的那玩意，益齒達在賣的產品。他們為了賺錢而想辦法觸動你的情感，介入你在潛意識中的購買習性。所以，你該如何透過情感層面讓人們對口香糖產生切身關聯？答案就是說故事，胡安和莎拉的故事，而且巧妙地把產品置入故事當中。在影片開頭分享的那片口香糖……噢，我差點忘了告訴你（因為我自己也差點沒注意到），最後那場戲的塗鴉，全都是畫在口香糖錫箔紙的內側上。口香糖是有登場啦，但故事的重點不只是口香糖。

你說故事的時候，重點絕對不會只有一個。

益齒達把原版影片改編成十五秒、三十秒和六十秒的版本。他們知道兩分鐘的版本效果最好，所以依此製作了一系列數位版廣告，以確保縮短版在電視播放時，觀眾大多已經看過完整版。

消費者的反應正符合益齒達所期望：推特上出現了大批推文和轉推，臉書也是！名主持人艾倫・狄珍妮曾發推特提及該影片，YouTube 觀眾票選它為年度「最令人感動」的廣告。

雖然我們都想成為社交人氣王，都喜歡有人對我們的發文按讚、分享、評論和轉推，但益齒達最在乎的，是搭橋跨越行銷上的鴻溝。評估這支廣告是否成功的唯一準則，就是人們會不會開始大量購買益齒達口香糖。消費者在關鍵時刻，也就是鴻溝是否已被消弭的那一刻，會不會選購益齒達？

答案是什麼呢？是的，他們買了。

這支兩分鐘影片的點閱次數已破億。更重要的是，益齒達也就此逆轉了原本下滑的銷售額。

這才是「從此過著幸福快樂的日子」，如果這種日子真的存在。

從「為何」到「如何」

故事帶來的好處既強烈又確切，而且其實也回答了本書中提出的「為何」。說故事是發展事業最有力的工具之一，能吸引、影響並改變客戶、股東、人才和其他對象，並能搭起一座永續之橋來消弭生意上的鴻溝。

但它是如何做到的？「故事」這麼簡單的東西，是如何在商業界擁有強大威力？想明白這點，還有找出並說出你自己的故事，就需要追本溯源。故事是從訴說者的某個部位開始，進入聆聽者的同一個部位：大腦。

第二章

始於大腦

透過故事挾持聆聽者的中樞神經，達成注意、影響和改變

故事就是大腦的語言。

——麗莎．克隆，著有《故事天才》

二〇一四年夏天，馬里科帕醫療中心處於困境。別誤會，它其實常常處於困境，縣立和地方醫院幾乎總是經營困難。醫院可不是家家平等；你如果在美國經營縣立醫院，很可能就處於食物鏈的底層，困境在這無所不在。

問題在於該地區的人口組成。如果你很有錢，擁有充足的醫療保險，或是你的雇主給你足夠的保障，那麼你在求醫的時候，縣立醫院通常不會是首選。如果你是低收入

戶，要嘛沒保險要嘛保額低少，那麼縣立醫院便是你唯一的選擇。馬里科帕醫院，就跟大多數的縣立醫院一樣，在醫界算是老百姓的安全網。

這座醫療中心位於亞利桑那州的馬里科帕縣，雖然只是縣立等級卻聲名遠播，每年要照顧將近兩萬人次的患者。該醫院擁有眾多醫療專家和特殊病房，包括全縣第二忙碌的燒燙傷病房，其患者存活率高於九七％。它也是亞利桑那州最古老的教學醫院，每年都教出一批頂尖醫師。從各方面來看，馬里科帕醫院幾乎超越了縣立小醫院該有的成果。它很繁忙，令人欽佩，而且全國都承認它的優秀成果。

但就跟其他縣立醫療設施一樣，這家醫院也成天缺錢。既想擔任窮人的社區安全網，又想荷包賺飽飽，實在難如登天。

馬里科帕健康基金會（以下簡稱「科帕基金會」）就是為此而生。馬里科帕醫院本身努力爭取來自公眾的資金，而科帕基金會就是負責幫忙募集所需資金。為了達成這個目標，科帕基金會每年都會舉行一場慈善募款晚宴，稱為「科帕舞會」。這是該基金會的重要工作之一，但是二〇一四年的募款成果令人擔憂。

對任何縣立醫院來說，募款都深具挑戰性。不同於為藝術基金會或知名慈善基金會募款，人們之所以光顧縣立醫院，就是因為口袋裡沒多少錢，也就很難支持募款活動。如果使用某項服務的人，不是協助為這項服務「付帳」的人，籌款的難度就會大幅提升。

二〇一三年，該基金會試著解決這個問題，辦法是請醫師站上講臺，描述自己的工作內容。醫師們說這種工作就是與時間賽跑、他們多麼需要哪些科技設備。演講結束後，大會請求聽眾捐款給基金會。

既然聽眾當中有些醫療和地方的專業人士，醫師們的演講似乎是個好辦法。可信度？有。人際關係？有。但最後收到多少支票？不多。募款活動雖然發揮了一些作用，但金額低於基金會的目標。

基金會在二〇一四年的募款碰上另一個問題：州政府將舉行投票，決定要不要通過一項價值約十億美元的籌款債券。亞利桑那居民作風保守，並未熱烈響應這種債券。想促使民眾投下贊成票，就只能透過一流的行銷手段，還有持續不斷的「草根活動」（從低層勢力發動的社會活動），而這兩者當然都需要大量資金。這意味著，在二〇一四年那場科帕晚宴中，坐在會場裡的民眾已經多次被拜託捐錢、支持該債券的推廣活動；也就是說，你如果走上講臺，眼前的六百名聽眾其實各個口袋空空，不想再聽你呼籲他們捐錢。

跟科帕基金會的成員見面時，我最擔心的就是第一個問題：低收入的醫療使用者以及高收入的潛在捐款者之間的鴻溝。在我眼裡，這項挑戰不只是提出充滿說服力的論點、陳述捐款多麼重要，並說服人們掏腰包。老辦法雖然看似合理，但成果恐怕一定會跟去年一樣令人失望。

我向基金會解釋：科帕舞會的與會者並不是缺乏愛心，而且他們其實不缺錢，人一定會為自己在乎的理念出錢出力。基金會該做的，是拉近潛在捐款者和醫院之間的距離。我們需要讓捐款者明白，他們金援的對象不是一個非親非故的場所，而是他們的醫院，他們在乎的醫院。

我知道只有故事之橋才能跨越這種鴻溝，因為科帕基金會接下來會發現，故事在人類的大腦中占有特殊地位。

故事如何讓人在一萬兩千公尺高空嚎啕大哭？

浪漫愛情電影落伍了。經濟學家保羅．扎克六年前就對他的新娘這樣說過。他叫她找姊妹淘陪她去看這種電影，總之別找他。他喜歡的電影題材是監獄和拳擊，喜歡的演員是史特龍和阿諾，對尼可拉斯．史派克的愛情文藝作品不感興趣。但他某次搭乘深夜班機回加州的時候，事情開始發生變化。身為神經經濟學家的扎克說明：「我當時發現，我一定是整個班機上最討人厭的乘客。」

扎克當時在華盛頓特區忙了五天，搭機回家的路上決定暫時擱置工作和筆電，觀賞飛機上播放的電影：克林．伊斯威特執導的獲獎作品《登峰造擊》。片中來到關鍵一幕的時候，扎克開始哭，而且不是普通那種嗚咽，而是失控的嚎啕大哭，他形容那是「啜泣到呼吸困難」。

扎克在職業生涯中以發現催產素聞名。這是一種神經化學物質，分泌於哺乳類生物的下視丘，作用是增進母子之間的感情，但也沒這麼簡單。他透過研究指出，信賴關係能刺激大腦分泌催產素，並進而鼓勵人們做出互惠活動。他證實了催產素基本上就是促進社交活動的化學物質，能鼓勵人們彼此發展出情感、信任和愛。事實上，扎克就是因此贏得了「愛情博士」這個外號。經過飛機上那次體驗後，愛情博士不禁納悶：我們在看電影的時候，大腦是否也會分泌催產素，所以我們會哭？

為了找出答案，扎克和一群研究生合作，設計出一套實驗，讓受試者觀看某家兒童醫院拍攝的影片，片中的父親描述兩歲大的兒子班恩患有末期腦癌。

「這個故事是典型的戲劇曲線，」扎克寫道，「父親努力跟兒子建立感情，珍惜和兒子相處的時光，卻也知道兒子只剩幾個月的生命。在影片結尾，這個父親找到力量，跟兒子維持親密關係，『直到兒子嚥下最後一口氣』。」

可想而知，這支影片的故事擁有強烈的情緒性質。

另一群受試者也看了關於這對父子的影片，但內容是這對父子在動物園玩了一天，雖然也很感人，但不像另一支那樣催人淚下。第一支影片是個故事，第二支比較像紀錄性質。

研究人員測量了兩群受試者觀看影片前後的催產素濃度，發現看過第一支影片、也就是有故事的那支，體內的催產素濃度增加了四七%。

但對生意人而言，重要的是催產素濃度提升的影響。催產素就是在這時候開始改變人的行為。看過第一支影片的人，對旁人更寬容，捐給某個癌症慈善機構的金額也更高。換言之，故事使得人們的關係更好，更相信彼此，也更慷慨大方。

當你被擺在著迷與影響的交叉點

當然，你得先抓住人們的注意力，否則沒辦法對他們造成任何影響。你必須先

「迷住」他們，才能「影響」他們。想取得某人的信賴，你必須先引起對方的注意。故事在這方面也有功效。

扎克透過更多實驗發現，人們在看過宣導影片後，催產素和皮質醇（也和注意力有關）因而提升，捐給慈善機構的金額提高了二．六倍。光靠單一因素不足以引發這種成果，你需要贏得人們的注意力和信賴。

扎克的實驗成果，其實就是透過神經學來解釋說書人都知道的一個道理：故事能集中人們的注意力，促進以信賴為基礎的人際關係。基本上，扎克的研究展示了故事如何把人們放在「著迷」和「影響」的交叉點上。

只要激發人們多分泌一點皮質醇，贏得他們的注意力，並透過催產素來贏得他們的信賴，他們就會變得更慷慨大方。但你並不需要把人拖進實驗室、注射神經化學物質，也能影響他們的行為。你需要做的，就只是跟他們說故事。科帕基金會就選擇這麼做。

以故事為駭客工具的基金會

科帕舞會的流程跟大多數的慈善晚會一樣：演說者做簡短演講，然後請與會人士慷慨解囊，人們紛紛拿出支票簿或裝有捐款程式的手機，然後另一名演說者上臺。就像電視上的募款活動，藝人們紛紛上臺表演，司儀呼籲電視機前的觀眾捐錢。

這種模式很有效，但前提是演說者必須拿得出成果。我的工作就是說服科帕基金會相信：光是「讓演說者推銷並強調某個理念的重要性」其實並不夠。正如保羅．扎克的研究指出，提升捐款金額的關鍵，在於透過故事來改變人們的想法和情感，提升人們的注意力和信賴，成果就是人們變得更慷慨。我向科帕基金會解釋，單憑邏輯、可信度和口才，並不足以讓某個理念聽起來比去年更重要。相反的，故事能駭進人類的神經系統，從根本提高人們之間的情感、信賴和度量。

我給科帕基金會的建議是，別依據身分地位來挑選演說者，而是挑選到時候該說什麼樣的故事。不要先挑人選，而是先挑故事。

基金會選定了幾個故事方向，然後挑選演說者。事實證明，他們找到的最佳人選並非醫師。那年的科帕舞會演說者陣容是前任州務卿、一名曾在該醫院接受重大顏面重建手術的年輕人，還有一位當地很有名的傑出人士。

跟前一年一樣，每位演說者的可信度都很高，在社會地位與人口組成方面也和潛在捐款者相似。但不同於前一年，今年這些演說者擁有更好的工具：故事。接下來的幾星期，我和他們每一位見面，協助他們構思、琢磨為科帕舞會準備的故事。

舞會之夜終於到來，我焦躁地站在會場後側，雖然為演說者們感到緊張，但也興奮難耐，因為會場擠滿六百名聽眾，他們即將體驗我聽過並幫忙發展的故事。

第一位上臺的演說者，幾年前曾在該醫院就診。他在二十歲出頭的某一年，介入一場在酒吧發生的鬥毆事件，結果被打得死去活來，臉部遭到重擊，一邊的眼眶骨斷裂。

他被送到馬里科帕醫院，醫療人員判斷他需要立刻動手術，只是有個問題：他沒有保險。顏面重建手術費用昂貴得嚇人。他高中畢業還沒幾年，加上沒有保險，基本上根本不可能負擔得起手術，他得帶著毀壞的容貌走完一生。

這名男子告訴大家，他當時對醫師說自己沒有保險，不可能負擔得起手術。「醫師只是把手放在我的肩上，」他回想，「對我說『我們會幫你』。」

那天晚上，在講臺強光的照射下，無論靠得多近，也不可能看得見醫師們當年在這位俊男的臉皮底下小心裝設的鋼板，但每個人都看得見他雙眼微濕。他向聽得如癡如醉的聽眾說明，知道自己在最需要醫療照護的那一刻，有人伸出援手，那是什麼樣的感覺。

他請聽眾捐款時，人們熱烈響應。

接下來輪到貝絲．貝勒斯演講。她是前任的亞利桑那州務卿，可信度自然很高。

她也擔任過「馬里科帕醫院整合性健康照護系統」的執行長，這也是一項充滿挑戰的工作。以她的立場，自然會想使用平時最熟悉的那種演說方式：高階經理人描述醫院做些什麼工作，捐款多麼重要。貝勒斯州務卿卻選擇了一條比較少人走的路，她說故事的時候，身分不是前任執行長或州務卿，而是女兒。

幾年前，她父親中風，需要即刻就醫。她沒打電話叫救護車，因為她知道他們會送他去距離最近的一家醫院，一所高級的私人醫院。她決定用輪椅把父親送上私家車，帶著痛苦的心情開車前往馬里科帕醫療中心。

「我們抵達醫院的時候，」貝勒斯回想當時，「醫師就在路邊等候。至親急需幫助的時候，你看到馬里科帕醫院有人正在等你，你無法想像這種感覺多麼美好。」

聽眾再次用捐款做出熱情回應。

最後一位演說者是瑪麗蓮．希曼。她擁有博士學位，在金融和政界工作了幾十年，是鳳凰城受人尊敬的珍寶，但她今晚的訊息不是平時那些高雅請求，而是分享一個私人故事：某天和朋友散步時，她被一輛車子撞到。她在救護車上無法做出回應，所以她不是被送去她能選的醫院，而是最近的一家，也就是馬里科帕醫療中心。

瑪麗蓮描述醫院的醫師們如何細心照顧她。今晚第三次請求捐款時，聽眾踴躍得簡直就像要把錢拋向講臺。

這次的晚會獲得驚人成果，而且充滿淚水、歡笑和善意。正如故事使得保羅．扎克在一萬兩千公尺高空哭成淚人兒，催產素的潮浪也在群眾當中引發情感連結，人們深深陷入由痛苦、希望和救贖組成的故事裡。那晚的科帕舞會，聽眾與說故事者之間產生了前所未有的密切關係。

事實上，我們甚至可以說那不只是普通的「連結」，而是強大的「同步」。普林斯頓大學的神經科學家烏里．哈森指出，說故事者和聽故事者的腦部活動其實可以同步。**故事不只讓我們變得喜歡彼此，更讓我們變得像彼此。故事能讓我們變得相似**。保羅．扎克做出觀察：「你如果把注意力放在某個故事上，在情感上投入故事中的角色，就會覺得自己被帶進了故事中的世界。這就是為什麼詹姆士．龐德穿梭於槍林彈雨的時候，你緊張得掌心冒汗；小鹿斑比的母親嚥氣的時候，你難過得一陣鼻酸。」

就算沒有詹姆士．龐德等級的驚險動作，沒有小鹿斑比等級的破表萌度，科帕舞會也觸及了同樣的腦部活動。會後計算捐款金額時，他們發現比去年多了不只一倍。

故事說完了，影響卻揮之不去

那晚的演說者分享的故事，就是該基金會需要的橋梁。但是保羅．扎克也在研究中指出，他不太明白說故事為何能有效刺激捐款決定。「你如果仔細想想，」他寫道，「就會發現捐款的決定實在古怪……你看了某部電影，所以決定捐錢給某個慈善機構，就算這麼做不會紓緩演員在影片中虛構的經濟困境……但催產素還是促使人們以昂貴又實際的方式幫助他人。」

扎克指的是故事造成的長期影響，也就是有效造橋術的第三部分：大腦的變化所引發的整體改變。故事在腦部激發催產素，這種物質進而啟動另一組迴路：人類特有的同理心。該迴路的特色之一是利用多巴胺，一種擁有強化作用的神經化學物質。多巴胺能幫助我們學習，每當我們注意到新鮮事物的時候，就給我們一種小小的觸電感。

換言之，故事之所以造成長期影響，是因為它給我們留下更深刻的印象，這就是說故事最神奇的特色之一。回想一下電腦儲存尚未普及前的時代，在攝影術、書籍，甚至文字紀錄出現之前，人類就是透過口說故事把前人的智慧一代代傳下去。為什麼？因為故事令人印象深刻，能永存人心。人類透過故事牢記古人的教訓，才能在緊要關頭想起並運用。

學到的教訓能決定一個物種如何演進，也能決定一家醫院的存亡。因為故事不僅吸引並影響大腦，也改變大腦。

正如扎克所做的絕妙結論：「故事雖然說完了，影響卻揮之不去。」

但不是什麼故事都行

這一切有個大前提。

故事雖然擁有吸引、影響並改變大腦的力量，但為神經系統造成的影響也讓我們明白兩個關鍵。第一，這個故事必須「真的」是故事。你如果參加過大型集會或週一早上的會議，眼前塞滿一大堆簡報投影片和文字，就知道不是什麼東西都算故事。

第二，不是所有故事都地位平等。

有些故事很無聊。

其實很多故事都很無聊。

基本上，這就是神經科學教導我們關於大腦和商業之間的教訓：你必須利用故事，而且必須是精采的故事。

這讓人不禁想問：故事究竟是什麼？怎樣才能說得精采？

第三章

故事怎麼說才精采

（而且每次都能贏過小狗狗和超級名模）

說故事的力量，就是當其他辦法都宣告失敗的時候，只有故事還是能搭橋跨越鴻溝。

——保羅．科爾賀，著有《牧羊少年奇幻之旅》

我奶奶是運動賽事的狂熱粉絲，她雖然腦子沒以前靈活，卻依然清楚記得明尼蘇達雙城隊（棒球），和明尼蘇達維京人隊（美式足球），每個球員的姓名和成績。雖然她現在幾乎不認得自己的孫輩，卻能憑著球員走動的方式來認出誰是誰。

小時候跟她一起度過星期日，是我第一次接觸美式足球。後來，我開始跟麥克交往，發現他星期日也喜歡躺在沙發上看美式足球。他為了避免我說服他做別的事，開始跟我描述這些比賽的幕後花絮，像是球員交易、恩怨、背叛和劣勢球隊。我聽過這些故事後，就再也沒人能把我從轉播球賽的電視機前拉開。相信我，麥克有時候很想這麼做；聽說在球賽某些時刻朝電視機咆哮是無所謂，可是全程咆哮就不太恰當。「你活該，東尼．羅莫，誰叫你甩了潔西卡．辛普森！」「紐奧良聖徒？聖徒？竟然有球隊自稱聖徒？你們那樣欺負維京人隊的布雷特．法弗，鐵定下地獄啦！」第四十三屆超級盃，亞利桑那紅雀隊決戰匹茲堡鋼人隊那次，我甚至吼到喉嚨燒聲，還差點跟別人打起來。

我能說什麼？我就是很容易在乎一場偉大比賽的悲劇與凱旋，而且不只有我這樣。拿超級盃來說，很多美國人都會關注這場好戲。如果你湊巧是愛賭錢的那種，這場大戲就更為重要。

二〇一四年的超級盃，西雅圖海鷹隊決戰丹佛野馬隊，比賽結果讓賭徒難以下嚥。那天有三分之二的賭徒把賭注押在野馬隊上；事實證明，這是個無比昂貴的錯誤。對賭徒來說，這場決賽成了有史以來最慘烈的一天，因為西雅圖隊重創丹佛隊，贏得第四十八屆超級盃，也爆出美式足球史上最大的冷門。丹佛隊也創下了屬於自己的紀錄：三十年來唯一在超級盃決賽中拿不到十分的隊伍。好丟臉。

對全美各地大多數的賭徒而言，這場比賽是個大災難。雖然賠率制定師對賽事判斷錯誤，但有個人押對了寶：他準確預測了二〇一四年超級盃轉播中，什麼樣的廣告會最受歡迎。

四百萬美元的廣告

超級盃是行銷界的奇觀。無論哪一年，都有超過三分之一的美國人會觀看這場球賽，收視率高得驚人。光想到能吸引多少眼球，對廣告商來說就是夢寐以求的良機。除此之外，超級盃也擁有其他賽事轉播所缺乏的獨特魅力：人們居然很喜歡看超級盃轉播中的廣告。

這聽來瘋狂卻是事實。如果你參加過超級盃轟趴，就表示你親自體驗過這種不可思議的現象。觀眾難得會在電視進廣告的時候安靜下來，超級盃的廣告就是其中之一。對廣告商而言，能一口氣吸引這麼多眼球，簡直就是行銷界的仙境。球評在球賽開打的一週前就會開始天天討論，而超級盃廣告吸引的注意力不僅勝過其他類型，一個品牌光是能在這個時段出現在電視上，就能獲得某種行銷分數。只要能在超級盃廣告上露臉，廣告商與客戶就能獲得金錢難買的聲望。

只不過，重點當然是要「有錢能買」廣告。二〇一四年的超級盃，廣告價格破紀錄——每三十秒要價四百萬美元。

雖然電視機前有大批觀眾，但廣告費實在高昂，畢竟沒有證據能清楚證明超級盃廣告能提高銷售額。福斯汽車聲稱，於二〇一一年超級盃投放的廣告，獲得了價值一億美元的宣傳效果。在那支廣告傑作中，一個小男孩打扮成達斯．維達（沒錯，有時候打扮成黑武士確實能達到宣傳效果），不過投資報酬率本來就難以計算，就算你算得出來，在重大賽事投放廣告依然是場賭博。如果沒抓對廣告方向，就等於賠掉幾百萬美金；更重要的是，如果完全抓錯廣告方向，就等於在一億美國人眼前丟臉。對賠率制定師和廣告商來說，超級盃就是一場重大賭局。

製作二〇一四年超級盃廣告《純真之戀》時，安海斯布希啤酒釀造公司——百威啤酒的母公司——想必也考慮過這些問題。除了一般常見的那些高風險，這個品牌也必須保護自己的商譽。這支以克萊茲代爾馬為主題的廣告，成了史上最受歡迎的廣告之一，在廣告評論網《Ad Meter》列入前五名的次數，比這十年來其他品牌都多。

單憑這點，人們就相信他們接下來的新廣告也會轟動全國，他們一定會使出渾身解數。你如果仔細研究《純真之戀》這支廣告，就會發現幾個要素，明白為什麼有人認為它會得獎。

首先，這支廣告實在可愛到犯法。我的意思是，看在老天的分上，廣告的主角是隻拉布拉多幼犬。但這支廣告不只是可愛而已，更是由傑克．史考特執導，其父就是名導演雷利．史考特，曾執導於第十八屆超級盃投放的著名廣告：蘋果電腦的《一九八四》。《純真之戀》中出現的幾個人類，包括一名美麗的前泳裝模特兒、一名女演員和一名粗獷帥哥。這支廣告的音樂也是絕配：英國歌手「吟遊詩人」的優美歌曲〈任她離去〉。

簡單來說，有很多重要理由讓人相信這支廣告會大獲成功。

但是凱斯．奎森貝利——約翰霍普金斯大學的行銷學教授暨研究員——並不是因為這些理由而相信這支廣告會成為贏家。他準確地提前預測這支廣告將大受歡迎，不是因為片中有可愛的小狗狗和俊男美女，而是因為它運用了故事。

很晚才被認知的力量

你正在閱讀的這本書當然是在討論說故事，會買這種書的人大概相信故事擁有力量，或至少對這個想法感興趣。既然你對故事的力量感到好奇或想深入研究，應該不會對這樣的陳述感到驚訝：一支廣告之所以能夠勝出，就是因為它說了故事。

但如果你未經思索就全盤接受「故事擁有力量」，反而成了我在第一章討論過的問題：為什麼有些橋梁無法跨越鴻溝？說故事成為所向無敵的大絕招、包治百病的萬靈藥，而後果就是沒幾個人挑戰這個想法，以為只要說就對了。

接下來要說的，可能會讓你大吃一驚：世人是從最近才開始盲目地接受「說故事」這個辦法。是非常、非常最近。

二〇〇四年十二月的某一天，離二〇一四年超級盃還有整整十年，有個原因讓我沒辦法趁學校放假的時候回家休息一個月：我的第一場碩士論文答辯。

實際內容比字面上更可怕。

身為研究所的學生，你前半年都在收集並分析研究資料，然後寫下一份二十頁的概述論文，描述你下半年想在哪個構想上做實驗。在長達至少一小時的論文答辯中，你將跟所屬科系的幾個重要教授見面，他們會對你的研究和實驗構想追問到底。如果在初步答辯中表現良好，他們就會允許你繼續進行研究。如果表現不佳？等於宣告你學術生涯的死亡時間。

我的論文是探討說故事在「組織社會化」中扮演的角色。我想判斷故事在建立公司文化上扮演什麼樣的角色，無論好壞。在今天，這種主題不會引起任何人側目，現在人人都在探索公司文化，而且幾乎人人都接受說故事始終存在、應該存在或正在崛起。但在二〇〇四年可不是這回事。

論文答辯的時候，我坐在會議桌的首位。我不記得自己穿什麼，甚至記不清坐在現場的每個人，但永遠忘不了現場氣氛多麼凝重。其中一位女教授、也是我的指導教授，歡迎並感謝其他教授出席，但她還來不及提到甚至邀請大家享用我們從雜貨店買來的糕點時，某個教授就開口：「我不贊同妳的立論前提。」

《急診室的春天》我雖然看得不多，但也知道這一刻就像心臟示波器上的嗶嗶嗶變成嚇人的那種悠揚嗶聲。她的心跳停了！患者死亡。奏哀樂。

現場一片寂靜，每個人的視線都越過桌上的糕點，朝我投來。那個教授開始朗讀我花了幾星期、甚至可說一輩子寫下的文章。

「人類天生就是說故事的生物。」不，他譏諷否決。

「世界各地的文化，都是透過故事來理解、建立眾人都接受的意義。」不，他反駁。

接下來的一小時，我拚命辯護，為了說故事本身，為了故事的功效，為了故事在我們的生活、工作和身為人類的意義上扮演的角色。我向教授們強調，說故事是值得研究的現象，是值得投入心力鑽研的技能。我提出的假設是：我們說故事，是為了記住過去、與人合作、娛樂大眾，也為了教導、分享和求生。

身為「智人」的我們，之所以能在求生競賽中演進成贏家，就是因為我們有能力對彼此說故事，這讓我們「不僅能憑空想像事物，還能進行集體想像」，烏瓦爾・諾亞・哈拉瑞在他的二〇一五年《紐約時報》暢銷書《人類大歷史》中就這麼說過。那本書厚達四百四十三頁，他用了其中二十四頁介紹說故事。

「智人的語言能力當中，最獨特的就是能說出虛構之事……這賦予了智人前所未有的能力，人數眾多的群體能彈性合作。」這表示我們能以極為彈性的方式，與數量無限的陌生人合作。

哈拉瑞坦承：「把故事說得有效並不容易……但一旦成功，智人就獲得了龐大力量，因為這讓數以百萬計的陌生人能彼此合作，朝同一目標努力。想像一下，如果我們的語言能力局限於只能描述真實事物，像是河川、樹木和獅子，想建立國家或司法制度之類將變得多麼困難。」

我從沒見過哈拉瑞本人，真希望哪天能在街上遇到他，我已經想好到時候要說什麼：「你那本書真的是傑作。你為什麼不提早六年出版？」

因為我在論文答辯那天真的用得著那本書，當時實在需要這批彈藥。我孤獨地坐在大學會議室裡，被掌控著我的未來的高階師長們包圍。他們能讓我繼續進行這項研究，也能把我踢回起點。就像玩大富翁的時候，對手用陷害卡送你去坐牢，你沒能經過起點，也就拿不到應得的兩百塊錢。我的人生也將永久耽擱，因為他們不相信說故事的重要性，我也沒辦法說服他們相信。

我不確定自己那天究竟說了什麼，總之幸運的是，我的說詞顯然讓他們滿意，我獲准繼續進行論文，後來也如期畢業。

在那個十二月天，雖然在場只有我為說故事的研究價值辯護，但如果去問二十一世紀初任何一個曾為說故事辯護之人，他們會告訴你，說故事的價值，尤其在商業界，曾經是難以為其辯護的對象。這不該是事實，但以前就是這樣。當時的普遍共識是：掌握更多資訊才能做出更好的決策。想讓一門生意成功，訣竅就在於給消費者、團隊成員或民眾大量的選擇，連同關於這些選擇的大量資訊。

生意完全關乎邏輯。

直到這突然不再是事實。

故事的國王新衣

幾年前，我在家附近一間咖啡館裡，MacBook Pro放在桌上，我戴著耳機，試著完成一些工作。我在自欺欺人：如果真想完成一些工作，就該去圖書館，或至少去稍微遠一點的咖啡館。我卻坐在這，跟我從十幾個地點認識的十幾個人閒聊，結果什麼工作也沒做。

就在我開始感到慚愧的時候（特地花了錢請人幫忙看小孩，卻在這裡搞社交），認識的人走進店裡。他是個房地產開發商，跟我在飛輪健身房認識。我和他進行了一場友善談話，討論了那星期上過哪幾堂飛輪課（他沒上哪幾堂飛輪課）。他問我在忙什麼的時候，我提到說故事。他知道這是我的工作領域，而且他看過我的一些作品。

「其實，」他說，「我剛剛才在機場買了一本關於說故事的書，我覺得我需要磨練這方面的能力。」

我知道他指的是哪本書，當時市面上其實只有一本，我也知道那本書對他不會有多大幫助。沒錯，那本書裡常常提到說故事這三個字，甚至提供了一般人會覺得算是故事的範例，但你看完後會覺得：我花了六百元買下這本書之前的那些疑問還是沒獲得解答啊！故事究竟是什麼？而且我該怎樣把故事運用在生意和生活上？

我問他對那本書做何感想，他聳肩，回一句「還可以」。我看得出來他其實感到失望，我也不意外。我還記得自己當時心想：想在生意上把「如何說故事」解釋得讓人更容易理解、更懂得如何應用，還需要很多努力。

你猜那之後發生了什麼變化？沒想到，只過了短短幾年，「說故事」不再只是你帶小孩上圖書館聽人說書，而是蓋瑞・范納洽（按：《紐約時報》暢銷作家，創業家，《我是GaryVee》作者）和理查・布蘭森（按：英國維珍集團董事長）這類大生意人成天掛在嘴上的話題。也許這跟哈拉瑞那本暢銷書的其中二十四頁有點關聯，但不管是什麼原因，現在一切重點突然都成了說故事！公司企業成天考慮如何說故事，社群媒體的重點就是故事。故事成了主角。

每篇臉書發文就是一個故事。

每篇使命宣言就是一個故事。

每個網站一定有一頁「我們的故事」。

每個品牌主張就是一個故事。

在某些案例上，光是說出「故事」這兩個字就等於說了故事，而且沒人挑戰這種做法，因為故事比什麼都重要。

我近期內應該忘不了這個經歷：二〇一八年，我帶兩個孩子走進一家沃爾格林連鎖藥局。我七歲的兒子在遊樂場的猴架單槓上只爬了一次，雙手卻已經冒出大小不一的水泡，看了真叫人怵目驚心。

他一小時後要參加游泳校隊的練習，所以我們急需防水繃帶。這是我們母子倆的當務之急，但這項任務被迫中斷，因為兒子堅持要上廁所。我在男士廁所門外站崗的時候，注意到某個東西。

走道盡頭擺放著一座展示架，我甚至不確定架子上的商品究竟是什麼，我從所站位置只看得見其中一面，商品包裝上用粗體字寫著「我們的故事」跳進我的眼簾。好奇心作祟下，我擅離崗位，朝展示架走近三步，拿起商品，閱讀我以為會看到的故事：

hydraSense®把海水的純淨提神之力改造成溫柔宜人的補水方式。每一滴hydraSense產品的海水都來自法國聖馬洛海灣，當地的強勁浪潮時刻淨化海水，天然形成豐富的礦物質。我們將這種富含礦物質的海水予以淨化，並降低鹽分，以達成鼻腔最感到舒適的等滲透壓。

什麼？這也算故事？

我可不這麼認為。

先暫停片刻，另外討論一個問題。你應該聽過真正的故事吧？有人在你睡前跟你說的故事；你跟朋友在酒館的特價時段齊聚一堂，彼此分享的故事；每逢假日的家族聚會，名叫湯姆的怪叔叔又講起同一個釣魚故事；出差中的配偶打電話給你，描述他在機場接受安檢的時候被如何刁難的故事。

很耳熟？那你確實聽過故事。

我問你，你覺得 hydraSense 產品盒上的文宣，在哪方面像你這輩子聽過的任何一個故事？

完全不像吧！

哪個正常人講話是文宣上那種口氣？就算偶爾為之，也不可能把這種內容當成故事。你朋友不會說「我說個故事給你聽」，結果開始背誦購物清單（你朋友如果是這種人，我建議你交些新朋友）。

我接下來要指出問題所在。

隨著故事成為普世價值、越受歡迎而且獲得流行語地位，我們也開始忘了什麼才是「好故事」。

別誤會，我很高興說故事成為商業界的流行語，很高興人們至少明白故事在行銷、業務和領導層占有一席之地。這年頭似乎很少人否認「策略性說故事」這個大前提，這真的很棒，但也有個缺點。

在說故事這個擺盪上，我們從一個極端跳進另一個極端，現在什麼都是故事。你如果按下標明「我們的故事」的網頁連結，很難預料究竟會看到什麼。現在每次有人說「這是我們的故事」，秀出來的很可能是一大串日期、清單、成分……天知道還有啥。我見過推銷員站在講臺上說「讓我跟各位說某某公司的故事」，結果投影畫面上跳出一大堆日期、統計數字和幾幅資訊圖表。我很想起身抗議，就像論文答辯那天那個教授的反應。

沒錯，故事擁有極為強大的力量。

沒錯，你在生意上是該懂得說故事，而且有時候確實得說故事，生意才做得起來。

但不知道為什麼，故事在這個過程中成了「品牌」。出於某種原因，我們忘了一個道理：**不是每個訊息都是故事**。

你如果觀察世界各地的廣告、推銷、例行會議和高層會議，就會意識到一件事：說故事這個概念雖然終獲接受，但商業界還是缺乏真正的說故事。

然後，偶爾會有人說出一個真正的故事，讓我們聽了永生難忘。

眼鏡布上的真正故事

二〇一七年，我需要一副新眼鏡。

我聽過瓦爾比派克眼鏡公司，所有潮哥酷妹似乎都戴這一牌，所以我也想試試。我約了時間，去他們店裡驗光，選了鏡框。十天後，新眼鏡宅配到我家。

我拆開紙盒，掀開眼鏡盒，看到嶄新又精美的眼鏡，連同一塊印有文字的眼鏡布，印的不是瓦爾比派克的商標，而是該公司的故事，而且是真實故事：

〈瓦爾比派克的百字故事〉

從前，有個年輕人把眼鏡忘在飛機上。他想買副新的，可是這會讓他荷包大失血。「爲什麼買潮一點的眼鏡就得花大錢？」他納悶不已。回到學校後，他跟朋友說了這件事。

「我們應該自己開公司，用正常價格販賣優質眼鏡。」一個朋友提議。

「我們應該讓選購眼鏡的過程樂趣十足。」另一人開口。

「我們應該每賣出一副眼鏡，就另外捐一副給需要的人。」第三人說。好主意！

瓦爾比派克就此誕生。

各位看倌，這才是真實卻又難得一見的故事。

就像二〇一四年最轟動的超級盃廣告。

重點不是小狗，也不是美女

如果你還沒看過《純真之戀》，以下有雷：無論是安海斯布希釀酒廠，還是凱斯・奎森貝利，都不需要擔心有沒有押對賭注。百威啤酒透過《純真之戀》大獲全勝，該廣告不僅被選為年度最受歡迎廣告，更榮獲超級盃史上最佳廣告。除此之外，它也是人們最常奔相走告的超級盃廣告，消費者對它的宣傳超過另外九支最受歡迎廣告的總和。

這是為什麼？奎森貝利，以及他在賓州夕本斯堡大學的同事麥克・科爾森，對這個問題深感好奇。為了找出答案，也為了把賭注押在《純真之戀》上，他們分析了過去兩年的超級盃廣告，發現「最受歡迎」和「最不受歡迎」廣告之間的差異在於，廣告有沒有說出真正的故事。故事的力量勝過性感魅力、幽默滑稽、明星光環，甚至可愛的小狗狗。奎森貝利做出觀察：「行銷商拿幼犬當主角當然不無幫助，不過，如果這支六十秒廣告只是幼犬撥弄一支百威啤酒瓶，也就不可能一炮而紅。」

奎森貝利似乎看出某種端倪。如果比較十大最佳和最差廣告的排行榜，你會發現兩邊都運用了應該會吸引觀眾的元素，像是可愛的角色、美妙的配樂、搞笑成分，以及高製作品質。但只有精采故事能脫穎而出。

而這就是最重要的問題。究竟什麼才是精采的故事？

不用成為莎士比亞也能說出真正的故事

無數哲學家、作家、讀者和評論家在這個問題上爭論不休。在奎森貝利看來，精采故事的特點，是所謂的「五幕式結構」，最早由莎士比亞發揚光大。另外還有七幕模式、英雄征途的九個階段、W形劇情、序章、劇情鋪陳、收場。故事理論有一大堆，一個比一個晦澀難懂。這些都值得研究——如果你的目標是寫出《哈姆雷特》那種作品。

我大膽猜測：你跟我一樣，沒打算寫出莎士比亞級的作品。我猜你比較在意的不是寫出曠世鉅作，而是怎樣提高公司業績，怎樣把產品交到消費者手上。你連檢查信件的錯字都沒有時間，又怎麼可能有空寫出錯綜複雜的英雄征途？

如果我猜對了，那你很幸運，因為說出精采故事其實沒想像的那麼複雜。如果你想做的是跨越鴻溝來改善生意，那就需要一個更簡單的模式，不用研究莎士比亞。你需要一個能應用於社交場合、社群媒體發文，或下一次團隊會議的故事模式。你也許不是百威啤酒、史匹柏、海明威或莎士比亞，你也沒興趣成為他們。你沒有四百萬美元的預算，但投入的賭注一樣沉重。

想讓一個故事成為真正的故事，你需要四個必要成分。還有一個能把它們湊在一塊的簡單方法。

恭喜，你來對地方了。

精采故事的四大環節

二〇一八年，我跟我在史代拉顧問公司的夥伴做出決定：實際考驗我們對故事的理解和教學法。我創立的這家公司「史代拉」（Steller），意思就是「說故事者」（Storyteller），使命是致力於「策略性說故事」的研究、創作與教育。我們想查清楚：想說出有效的故事，究竟需要哪些環節。瓦爾比派克印在眼鏡布上的訊息，跟hydraSense印在紙盒上的怪訊息相比，兩者之間究竟有何區別？

我們進行了實驗，測試不同類型的品牌訊息。我們的研究假說是：一個訊息如果擁有特定的故事環節，會比缺乏這類環節的訊息更吸引人。我們測試的環節，正是我這幾十年來植入每個故事中的訊息：

- **鮮明角色**
- **真實情感**
- **特定時刻**
- **具體細節**

為了確保你能更了解每個環節，我會一一詳細說明，因為一旦掌握這四大環節，就能前往故事仙境。

鮮明角色

你如果讀過關於如何說故事的書籍，大概見過「英雄」這個詞。如果本書是你第一次接觸這類書籍，那你也大概在Instagram上看過「在你自己的故事裡當個英雄」之類的勵志訊息。沒錯，「當英雄」這個概念雖然很經典，但如果用在如何在商業界說故事，我覺得這三個字有點太極端、太嚇人也太讓人混淆。「英雄」這種字眼，暗指你必須完成某種史詩級壯舉（或至少得穿上時髦的戲服，留一頭波浪般的鬈髮）才能擁有值得說出來的故事，但這跟事實相差了十萬八千里。

故事真正需要的，是更簡單的東西。

我們需要的不是英雄，而是鮮明角色，我們在乎而且同情的對象。

更確切來說，故事中的角色並不是公司企業的名稱，不是某人所投入的價值觀，甚至不是一大群人或一小群人。故事需要的是一個或幾個角色，是我們在乎而且同情的對象。

《純真之戀》中有許多角色，有動物也有人類。一般人都喜歡小狗，至於一個喜歡小狗狗的男子漢？沒錯，我們絕對喜歡這種男子漢。跟一隻小狗成為朋友的強壯挽馬？我們當然喜歡。

你寫的軟體？沒人感興趣。

你做的肥皂？沒人感興趣。

你賣的服務、科技裝置、沒人叫得出名字的玩意？沒人感興趣。

除非你能把這些東西變成角色，就像 M&M 巧克力公仔，否則它們只是產品。我們需要的不是英雄，而是角色，而且是鮮明角色。

真實情感

我們的研究發現，第二環節是真實情感。光有一長串事件也無法造就精采故事，一條靜止不動的時間軸不是故事。情感無須誇張，而是簡單常見就行，例如沮喪、驚奇或好奇。故事裡必須有真實情感。

我得澄清一點：**情感指的並不是聆聽者本身的體驗，而是故事角色的感受，或本來就存在於故事的情境。透過這種情感，聽者對故事產生同理心**。沒有情感就等於沒有同理心，訊息的影響力也就大幅減弱，至少我們在研究中是這麼假設。

特定時刻

精采故事的第三環節是特定時刻，**在空間、時間或情境中的特定一個點。把故事放在一個方便湊近觀看的位置，能放大原本平凡無奇的敘述，讓觀眾將其中一幕看得更清楚**。

我換個方式說明：還記得紙本地圖嗎？如果一座大城市有許多熱鬧景點，地圖應該就會加入幾幅插圖，也就是把一個擁擠地區放大的特寫圖。特定時刻就是為故事帶來這種效果，集中原本的籠統體驗或走馬看花。相較於繼續觀看大局，我們需要聚焦於局部特寫。

舉例來說，我最近和紐約市一所私立學校的幾位行政主管合作。紐約市堪稱全世界競爭最激烈的教育環境，他們想讓自己的學校顯得與眾不同（我的孩子們竟然在紐約市上學。我光是寫出這句就覺得渾身起蕁麻疹）。我們一同構思故事時，他們想以最近在南美洲開設的國際分校為出發點，想出來的句子包括「能看到孩子們體驗異國文化，感覺真的很不可思議……」「我從沒見過這種奇觀……」，然後他們沉默下來。他們構想的故事就是這樣，基本上就是整張地圖，沒放大某處，而且缺乏局部特寫，這種故事無法留下深刻印象。

為了解決這個問題，我們調整了用字，把一些特定時刻說得更詳細。他們不再使用平時那些字句，而是聚焦於目睹過的事件，學生沉浸於新文化時發生了什麼。某個主管想起一件事，是發生在午餐時間的食堂裡，他詳細描述這一刻，說孩子們品嘗異國食物，其中一人被某種辣椒醬辣到不行，逗得大夥哄堂大笑。第二位主管覺得特別的一刻，是看著美國學生跟當地學生在操場上討論如何一起玩遊戲。第三個主管的深刻印象，是在抵達分校的第一個週一早上，走進學校大門，注意到大廳瀰漫著很不一樣的味道。一旦特寫了「走進大門」這個動作，就完全不同於平時對學校活動的空泛討論。這些**特定時刻幫忙凝聚了焦點**，主管們能從這裡找出這些經歷的共同點，但想讓故事擁有效果，特定時刻的內容就必須明確清晰。

一個想當成故事傳達出去的訊息如果出了差錯，通常是因為訊息太模糊、複雜、廣泛又籠統。想讓故事吸引人，就該加入時間或空間上的特定片刻。這個環節連同接下來要討論的第四環節，一起造就出所謂的「共同創造」過程。聆聽者主動在腦海中創造出自己的版本，這麼做使得故事在他們心中持續得更久。

具體細節

在最後的環節中，我們運用描述性質的細節和圖像，創造出一個世界，將目標客群吸引其中，並讓他們覺得自己的生活與該世界有些相似。細節越具體越好。

劇情越是震撼，越令人難忘，效果就越好。在故事中運用具體細節，是為了表明敘事者多麼了解聆聽者。如果你說故事的對象是八〇年代的聽眾，可運用的細節就是當年流行的手提音箱。如果你說故事的對象大多為人父母，可運用的細節就是家長能體會的畫面，像是拚命把幼兒推車塞進汽車後車廂。**細節用得越多，聽眾就越能感受到你多麼了解他們**。如此一來，敘事者、聽眾和訊息之間的關係也就更為強韌。

公共廣播電臺最近的一個節目介紹了行銷奇才湯姆．布瑞爾的成就。一九七一年，布瑞爾創立了最早一家只聘用黑人員工的廣告公司，透過一句口號改變了美國人對廣告界的想法：黑人並不是膚色較深的白人。

在那個時代，同一支廣告常常會拍攝兩個版本，一個針對白人族群，另一個針對黑人族群。但廣告商沒為各版本設計獨立劇本，而是只寫一個，白人版找白人演，黑人版找黑人演，完全忽視兩個族群在文化上的微妙差異，廣告效果也總是差強人意。

布瑞爾率先提倡重寫劇本，讓非裔美國人看了覺得熟悉、親切又可信。在針對黑人市場的萬寶路香菸廣告中，「萬寶路男」不再是馳騁原野的牛仔，而是市中心一名身穿運動衫的黑人男子。這支廣告獲得廣大迴響。布瑞爾的做法深具開創性，也完美表達了運用具體細節的重要性，透過目標客群熟悉的場景和情境來引發共鳴。

具體細節能激發觀眾的想像力，將其深深拉進故事的世界中，如果營造得當，就能讓觀眾在視覺上和心理上都覺得熟悉。

最後這個環節執行得巧妙與否，就能表明敘事者的功力高低。舉例來說，在二〇一六年民主黨全國代表大會上，蜜雪兒·歐巴馬在畢生最重要的演說中，就是運用了具體細節。她在這時候成了「前任」第一夫人，而她這篇演說之所以感動人心，就是因為包含故事。更重要的是，她精心運用了具體細節來吸引美國聽眾，將她的訊息深深植入他們的心中。

這場引人入勝的演講進行到一分十六秒的時候，前第一夫人運用具體細節，把聽眾帶往一個特定時間點：「我們抵達華盛頓特區後，立刻展開了另一趟旅程，那是她們第一天去新學校，我永遠忘不了那個冬日清晨。」

然後她另外提供了幾個細節，描述兩個女兒開學那天：「我看著她們的小臉蛋貼在車窗上。」

這就是具體細節。看著孩子第一天上學，這對家長而言是充滿情感的一刻，應該會永久烙印於心。不管你那天是送他們上校車，還是親自開車送他們上學，八成都會看著孩子的「小臉蛋」，也看到自己的人生閃過眼前。

你沒小孩？別擔心，你一定還記得你自己第一次投入某種新鮮事物，你能體會我現在描述的情緒。總之，蜜雪兒．歐巴馬選用了聽眾大多都能體會的細節，雙方因此取得情感上的默契。她只用了一般人都熟悉的幾個細節，就掌握住全場和全國的注意力。

我們的研究團隊找出這四大環節後，設計了一份全國線上問卷調查，由愛迪生研究中心向一千六百四十八人投放。這些受訪者都是家長，在螢幕上會看見兩篇訊息，對照組訊息是關於「建築工」兒童玩具公司的一般介紹，另一篇則是隨機挑選的實驗組訊息，也關於同一家公司，但運用了上述提到的故事環節，數量可能是一個、兩個、三個或四個都有。此外，為了避免「時近效應」（Recency Effect）和「潛伏偏誤」（Latency Bias），兩種訊息（一般版或故事版）在螢幕上出現的順序將輪流調換。

看完每篇文字後，受訪者會打分數表達該訊息吸引人的程度，然後做出選擇：哪一篇訊息更吸引人，更具娛樂性，更令人印象深刻，更具說服力，也更令人投入。

必須承認，這個問卷調查開始執行的時候，我有些忐忑不安，甚至想起論文答辯那天。調查結果會支持我們的研究假說嗎？精采故事的成分是不是真的跟我們判斷的一樣？

我也承認，調查結果清楚表明我們判斷正確的時候，我真的很開心。在所有案例上，就算訊息只運用了四大環節其中一個，效果還是好過完全缺乏這些環節的對照組。此外，訊息運用的環節越多，故事也就越吸引人。六三％的受訪者表示，相較於完全缺乏這些環節的訊息，四大環節齊全的故事更吸引人，更具娛樂性，更令人印象深刻，更具說服力，也更令人投入。巧的是，對照組的故事很像我們常常聽見的品牌宣傳語。

這些調查結果應該會讓你雀躍不已。我的意思是，如果你湊巧認識傑克．史考特，口袋裡有四百萬美元，也跟業界最頂尖的廣告公司、訓犬師和馴馬師很熟，那你確實可以不用理會這些研究成果，大概只要花錢就能聘請故事專家。

如果你沒有這些資源，要怎樣才能創造出足以媲美超級盃廣告的訊息？

這個嘛，現在你知道該怎麼做了。根據業界專家的分析，加上我們這個研究的論證，那支百威啤酒廣告之所以成效驚人，主因就是故事。而且故事不用錢，只需要幾個關鍵要素。

看到這裡，你現在擁有一份簡易檢查表，能查看你的故事需要什麼。你不需要幾百萬美金，不需要寫出驚天地、泣鬼神的史詩之戰或驚險征途（建築工玩具公司的故事中，描述一位父親很希望陪孩子度過更美好的時光），你唯一需要的，是鮮明角色、真實情感、特定時刻和具體細節，創造出一種熟悉感，六三%的目標客群就會覺得你的訊息充滿吸引力，效果遠好過缺乏這些環節的訊息。

既然你現在得知這些經過實驗證明、能讓故事精采的重要環節了，接下來要做的，就是用某種辦法組合這些環節。我在這方面會詳細說明，也會按慣例講解得簡單易懂。

史代拉敘事架構

「故事擁有開頭、中段和結尾」，我到現在還聽得見卡爾森太太站在全班面前這麼說。她是我小學三年級的老師，當時給了我印象中最早的寫作功課，我後來寫了關於斑馬的東西，而且那本作業簿似乎還在某處。我竟然到現在還沒把三年級學到的作文能力還給老師，而且卡爾森太太說得沒錯，開頭、中段和結尾是任何故事的基石，商業故事也不例外。但其實有個更生動的辦法，能讓你學會運用這種三幕劇結構，畢竟我們已經不是小學生了。從現在起，把三幕劇結構想成以下三個階段：**常態**，**爆炸性發展**，**新常態**。

第一次聽見以這種方式來描述故事結構，是跟我最喜愛的說書人唐納德．戴維斯一同參加某個說故事訓練營的時候。他傳授了這套基礎思想後，我突然覺得似乎領悟了我深愛或說過的每個故事。我的「說故事之心」向來知道卻不知如何表達的幾個概念，現在被他的文字賦予了名稱。這聽來也許肉麻，好像把「說故事」搞成誇張的愛情故事，但這是事實。這套簡單明瞭的架構，影響了從那天起我說過的每個故事，希望它也能為你帶來同樣效益。

現在來仔細觀察史代拉敘事架構的三部分。

常態

乏味的故事都有個明確特徵：沒人在乎。不管畫面多麼鮮豔，預算多麼龐大，小狗多麼可愛，我們不感興趣就是不感興趣；就算引起注意，也無法促使我們投入情感，也就無法造成影響和改變。幸好，這種情感疏離的根源，大多源自同一個錯誤：缺乏故事的第一個架構，也就是常態。

比如說，我們每天晚上七點看新聞的時候，通常不會哭得眼睛紅腫，因為新聞通常是從故事的中段開始說明，直接切入搶劫案、火災或車禍的發生。這些事件固然令人難過，但主播沒時間描述當事人（也就是鮮明角色），我們不知道這些人是誰，不知道他們在悲劇發生前有什麼想法、期待和感受。我們對他們一無所知，所以對他們漠不關心。

想把故事說好，想說出聽眾會在乎並投入的故事，就必須採用策略性的開頭：**建立常態，也就是局勢在某件事發生前原本是什麼樣子**。建立常態的時候，用一點時間展示故事的環節，介紹鮮明角色及其情感。在這階段加入幾個細節，幫聽眾建立熟悉感，吸引他們投入，他們就會卸下心防，換上角色的觀點。

如果這部分做得好，聽眾在看著常態的時候，會對自己說：「我認得那個人。是啊，我明白這是怎麼回事。是啊，我能理解他們為何有這種感受。」就像有人把眼鏡忘在飛機上；有兩個人墜入情網；有個魅力非凡、日後將成為美國總統的年輕人，無論如何就是想得到不可思議的法國香水。我們在接下來的章節也會提到常態，但你現在需要知道的是，**常態是故事中最重要的部分**，你必須在這個階段加入四大環節，讓聽眾有理由在乎你的故事。偏偏一般人最容易忽略這個階段，導致故事無法深植人心。

爆炸性發展

我承認，爆炸這個字眼有點侵略性，讓人聯想到流血、受傷或火災，雖然你想說的故事八成跟這三種畫面無關。這裡的爆炸其實指的是「事件發生」，可能是大事也可能是小事，可能是好事也可能是壞事。最重要的是，在爆炸的這一刻，局勢發生變化，可能是領悟，可能是決策，也可能是真實事件。無論是什麼，**故事中的爆炸性發展，是局勢的架構突然發生變化，變好變壞其實不重要**。

就現在來說，你要記住的是：

常態——原本的局勢。

爆炸性發展——發生了某件事。

新常態——局勢改變。

新常態

在第三個也是最後一個階段中，**你要讓觀眾知道，局勢在「爆炸」發生後變成什麼模樣**。描述現在你知道了什麼，現在的你為何比以前更明智、強壯、在某處有了改進（或仍試著改進）。這可能是道德方面，可能是某個客戶用了你的產品或服務從此過得幸福快樂，你也可能在這裡呼籲聽眾採取行動。無論如何，**新常態讓「說故事」這個策**

略能有效傳達某個重點，或強化某個訊息，而不只是娛樂聽眾。就是因為新常態，一個商業故事才值得聆聽。

接下來，你要說哪一種故事？

可愛的小狗或鬼才導演都無法保證故事一定精采。不管別人怎麼說，你必須知道使命宣言不是故事，品牌不是故事，行銷術語不是故事。此外，故事無須複雜，只要介紹幾個角色，適時透過特定時刻、具體細節和情感來勾勒畫面，你的故事就成功了一大半。

當然，接下來的問題是，你該運用哪種故事？故事種類多到數不清，你該從何著手？

商業界有四種關鍵故事重複出現，表達的不只是你提供什麼，也表達「為何」與「如何」。無論生意上有什麼鴻溝，這四類故事的任何一種都是你需要的橋梁。

有時候，學習如何說出精采故事的最佳辦法，就是看別人怎麼做。接下來要介紹的四種必要故事，都有各自的特點和聽眾群，每一種都能在商業上起到不同作用。你不需要同時想出四種，但試著在數量無限的故事類型中挑選一種時，如果了解這四種商業故事，不僅能協助你決定挑哪一種，也能決定怎樣來說這個故事。

這就是我們接下來要研究的問題。

第二部

四種必要故事

每個公司企業都必須說的故事

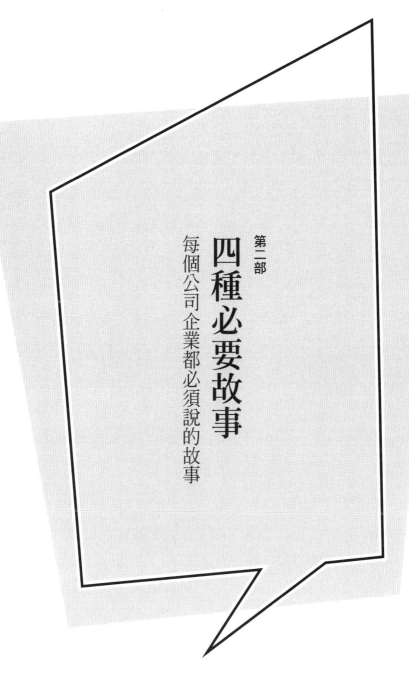

第四章

價值故事

說故事如何促進銷售與行銷

行銷的重點不再是你做了什麼東西，而是你說了什麼故事。

——賽斯．高汀，作家與創業家

與競爭對手相比，沃基瓦公司的銷售團隊掌握了某項優勢，能打遍天下無敵手的那種。

他們為客戶提供了獨具匠心的解決方案，在準確度和簡易度兩方面都是佼佼者，能為客戶省下數小時甚至數日的工作時數，足以媲美《財富雜誌》前百大企業那種效率。簡而言之，沃基瓦能讓客戶避免犯下難堪的重大失誤，還能省下價值數百萬美元的成本，這種解決方案能改變人們的生活。

你一定以為，目標客群鐵定會對沃基瓦高喊「我願意」，根本不會多加考慮。

事實卻是，沃基瓦就跟許多公司企業一樣，不懂得如何造橋、促使目標客群說出「我願意」。這不是因為沃基瓦拿不出成果；恰恰相反，一長串的「信徒」名單和無懈可擊的顧客滿意度就是證據。但就算沃基瓦對潛在客戶的決策者努力推銷，示範了所有能改變人生的產品功能，現場的氣氛就是有點凝重。

目標客群就是不願做出改變。

事實上，沃基瓦最大的對手，不是某間公司或某個產品，而是「現狀」。沒錯，沃基瓦的平臺功效和效率都高過對手，卻無法克服目標客群的基本人性：跟不熟悉的救世主相比，人寧可跟熟悉的魔鬼打交道。

沃基瓦清楚知道傳達公司價值的老路不夠有效，於是決心找出更好的辦法，也就是把焦點從產品的功能與好處轉移到「故事」上。

他們對客戶推銷時，不再使用更多數據來作為佐證（就連最鬼才的數據狂也難以消化他們提供的大量數據），而是改採說故事，來觸及客戶目前最頭痛的煩惱。他們透過故事向客戶指出，缺乏效率與準確度的工作成果，將在現實生活中造成多大的問題。他們其實擁有這些故事，只是不懂得究竟該怎麼說，而這一切即將改變。

我很榮幸能和沃基瓦團隊合作，透過故事來宣揚他們究竟能為生活帶來什麼貢獻，而他們找到的故事就跟自家產品一樣令人印象深刻。

其中一個故事的用意，是彰顯產品的某項功能可確保關鍵資料的一致性。在沃基瓦問世前，一般公司如果想確保資料一致性，只能耗費大量時間，靠人工再三檢查。會計人員討厭這項差事，不僅因為過程枯燥乏味，也意味著他們必須為此犧牲私生活中的嗜好和行程。公司也討厭這個過程，因為「回溯檢查」等同於多付員工好幾小時的工資，就算這種時間和花費原本可以節省下來。

我剛剛提到，一般人應該會欣然接受沃基瓦的解決方案才對，但他們卻排斥這種合理決定。為了解決這個問題，沃基瓦學習怎樣說故事。故事中的客戶，是一名負責「投資者關係」的經理，他不想被中年危機害得遺憾終生，於是決定把精神集中在健身上，還不是一般的那種。他總是設定明確目標，這次的目標是鐵人三項。

啊，鐵人三項。相較於只須跑步的馬拉松，鐵人三項是體能的究極考驗。游泳、單車、跑步，這三項都需要專屬的準備工作、裝備和計畫，意思就是你一旦決定參加，就必須全心投入，不只是體力方面，也必須投入大量的時間。這基本上算是第二份工作，工資雖然不怎樣，但是福利（連同炫耀權）有可能高得驚人。

這位經理人知道這點，而且心無所懼。他買了一輛超讚的公路車、一雙高級慢跑鞋，還花錢加入了一間擁有奧運級泳池的時髦健身房。就像在辦公室處理數據報告那樣，他在安排訓練內容上也是有條不紊。他用試算表來記錄游泳、慢跑和騎車的時間和距離，也做好所有安排：上班前先去健身房游泳，下班後不是慢跑就是騎車。

但是季度結算日即將到來，這位經理負責從某個團隊手上拿到財務報告，再加入他自己的簡報投影片檔和報告。每年這時候，他都會跟另一個簡報團隊開會，一同坐在會議室裡，一絲不苟地更新數字，以徹底確保使用的數據都是最新的。

當然，因為每個人本來就有其他工作，所以這些額外的財報會議只能在上班前（游泳不用想了）或下班後（慢跑也不用想了）進行。他努力想辦法，但雖然是運用試算表的高手，他卻發現自己還是被迫把單車留在架子上，泳褲留在車上。他不能去跑步，只能跟財報團隊一起待在由日光燈照明的會議室。

令人難過的是，他錯過了太多訓練項目，來不及彌補，只能放棄當初躍躍欲試的鐵人三項。他難過又沮喪，心想也許永遠沒時間投入想達成的目標。

然而，在他的公司開始使用沃基瓦平臺的那一天，這一切就此改變。現在，他的彙報和投影片內容與財報團隊那邊立即同步，意思就是任何一個數字改變的時候，他的報告內容也會自動更新，再也不用第二次、第三次檢查，也不用在上班前或下班後開會。最重要的是，他再也不用擔心資料的一致性，因為裡頭的數字永遠正確。這一切都是自動進行，而且比他們手動檢查更精確。

公司不僅因此獲得更好的財報，員工滿意度也為之提高，畢竟有誰喜歡把時間浪費在缺乏效率的差事上？財報團隊不想浪費時間天天在數字上炒冷飯，而且最重要的是，這位經理如今能把珍貴的上班前、下班後的時間拿來游泳、騎車和跑步，讓他原本的「老爸身材」變得越加健美。

半年後，這位經理完成了生平第一次鐵人三項，財報團隊的夥伴甚至到場為他加油。

這個故事在沃基瓦的推銷簡報上原本只是一句帶過，現在成了「價值」旅程上令人感動的一刻。以前做推銷簡報的時候，沃基瓦團隊只是稍微提到這個案例，結果老是被目標客戶當成耳邊風（聆聽簡報的聽眾常常會這樣）。但現在，這個故事變得吸引人，具有娛樂性，跟聽者有（一點點）切身關係，完美描述了這種解決方案多麼珍貴，不僅有益於公司、財務人員，也有益於這個組織的營運者。

讓人說出「我願意」的價值故事

這就是生意上的第一個鴻溝：價值鴻溝。

「問題」和「解決方案的價值」之間的鴻溝。

「產品」和「顧客能獲得的價值」之間的鴻溝。

任何生意都必須跨越的第一道鴻溝，就存在於「產品」以及「需要該產品的人們」之間，就算後者未必知道自己有此需要。跨越這道鴻溝，是為了吸引買方的注意力，為了說服他們明白「沒錯，這就是我需要的解決方案」，為了進而讓他們變成持續上門的使用者、顧客、買家和信徒。在銷售和行銷上，價值故事就是王道，而價值故事的價值是從心理層面開始，涵蓋一個人為何終於說出「我願意」的整個過程。

過多的資訊帶來焦慮

沃基瓦和我們都面對的一項挑戰，是抗拒某種誘惑：試著用產品的特色、功能和先進技術之類的資訊來跨越鴻溝。沒有人對這種誘惑免疫，就算這種誘惑只會把跨越價值鴻溝的旅程複雜化。就連你家附近的冰淇淋店也無法免疫。

我們全家最近去某個海邊度假，吃過晚餐、走回住宿處的路上，在一家義式冰淇淋店停留，畢竟這就是在海邊度假該做的事。我們來過這裡很多次，店內總是人滿為患，排隊的客人從門口排到路邊。但以前在暑假目睹的這種開心又混亂的場面，這次有些微妙變化，客人似乎焦躁又不耐煩，而且不少家長對孩子說話的口氣極為簡短。終於輪到我們站在冰櫃前的時候，我才明白原因。

冰櫃裡不再是好幾排五顏六色的冷凍甜點，旁邊不再放著搭配的水果或巧克力片，而是兩排金屬圓蓋，蓋子底下八成是桶裝的冰淇淋。我們不再能隨心挑選撒上開心果的棕色、粉色或淡綠色冰淇淋，只能從員工身後的菜單牆面上挑選。

掃視美麗的色彩和水果，挑選看似最美味的口味，這個過程很輕鬆。閱讀寫在菜單上的口味，在腦海中比較各個選項，憑邏輯判斷哪一種應該最美味，這個過程可不輕鬆。

而且還多了一項挑戰：孩子矮得看不見菜單，所以我們必須把菜單上的選項唸給他們聽，還得重複幾次，因為哪個孩子可以一次比較十五種口味？這真的不容易。我在店裡只待了五分鐘，就聽見三組不耐煩的父母威脅孩子「再不決定就什麼也別吃」。（我是不是其中之一？本人不承認也不否認。）

提供更多資訊給顧客，似乎能讓簡單明瞭的決策過程變得更單純，但其實是把原本簡單的過程搞得很複雜。聽眾雖然期望你提供更多資訊、細節或合理解釋，但除非你的目標是說服他們相信你的產品多麼有價值，否則提供太多事實很可能弊大於利。為什麼？因為太多事實只會讓我們的大腦更累，也就更不想攪和其中。

一個大腦，兩套系統

丹尼爾．康納曼，二〇〇二年諾貝爾經濟學獎得主，在所著的《紐約時報》暢銷書《快思慢想》中，詳細探討他所謂的大腦兩系統：系統一與系統二。

系統一「自動運作，速度快，輕鬆簡單，而且感覺不到自己有參與控制」。系統一負責自動做出答覆，回答「二加二等於多少？」這類的問題。就是因為這套系統，我們在聽見雷鳴或飛機呼嘯時，會望向天空而不是地面。因為我們這輩子天天都在接收「提示訊號」，系統一能讓我們在收到資訊時予以理解，並迅速又簡單地做出判斷。我們會不會有時候判斷錯誤？當然會。打個比方：摩西把所有動物送上方舟的時候，每一種帶幾隻？系統一回答說「兩隻」。這當然是錯誤答案。摩西比較感興趣的是著火的樹叢，造方舟的那位先生名叫諾亞。

這時候就需要系統二，負責「把注意力分配給需要這種資源的腦部活動，包括複雜計算。系統二的運作通常牽扯到一個人對功能、選擇和集中精神的主觀體驗」。先讓我喘口氣。如果你跟我一樣光看這句就覺得累，表示你的系統二正在運作。這套系統需要專注力和努力，負責處理新資訊，是在系統一判定某個問題太過複雜的時候才會啟動。

簡單來說，系統一的特色是「認知放鬆」，系統二則是「認知緊張」。把剛剛那句再看一次。「認知放鬆」對抗「認知緊張」。

拿沃基瓦的案例來說，既然你的產品價值相對來說顯而易見，既然你相信（我知道你一定相信）你的產品能為顧客帶來正向改變，而且這個決策過程應該很簡單，那幹嘛啟動系統二，搞得人家認知緊張！

如果採用系統二的辦法，很可能破壞原本美好的體驗，我就是在命中注定的冰淇淋之日學到這點。在那天，殘酷的系統二啟動的唯一好處，似乎正符合我當時剛看完康納曼寫到關於認知放鬆的章節，所以立刻明白怎麼回事。我親自體驗到品牌、公司和店家多麼應該把顧客維持在系統一的狀態。討論到如何創造「說服性訊息」時，康納曼指出：「基本原則就是，想辦法降低顧客的認知緊張。」就算你的資訊字字屬實，但聽眾如果無法透過系統一而聽了就信、視為事實，便會啟動系統二，而認知緊張、沮喪和焦躁出現的可能性就會大幅提高。

列出清單就是啟動系統二。

使用項目符號就是啟動系統二。

比較價格就是啟動系統二。

宣揚功能就是啟動系統二。

宣傳優點就是啟動系統二。

當然，在冰淇淋店的案例上，重點不是價值故事存在與否。但不管你賣的是甜點、二手車、豪華房地產還是醫療用品，在必須傳達產品有何價值的時候，你有個選擇：邏輯或常識，緊張或放鬆，資訊或故事。

價值故事讓系統一能夠使出拿手絕活：讓聆聽者既聽之則安之，聽了就信，懶得啟動常常把人搞得又累又煩的系統二。**故事就是系統一的「愛的語言」，價值故事這種橋梁最適合把顧客和投資人從「事實」帶往「情感」**。除此之外，范德比大學的行銷研究員珍妮佛．愛德森．艾斯卡拉發現，如果一個想法是以故事型態呈現，聽眾的反應會較為正面，也更樂意接受。故事不僅吸引人，還會讓大腦做好準備，更願意接受發言者想說的訊息。

舉例來說，你有沒有在搭飛機的時候碰到空姐推銷信用卡？我多次搭乘飛機，每次都是再四十分鐘就要降落的時候，空服員會做出「本班機限定」的特殊廣播，也就是每個班機上必定推銷的專屬信用卡。空服員列出利率、年費、托運行李限額、能累積多少飛行里程（通常是六萬哩，能換取機票）。我最近從達拉斯飛往奧蘭多的一次，機上在做信用卡宣傳時，我環視周圍，發現根本沒人抬頭，更別說認真聆聽。

空服員結束廣播後，我實在很想起身去搶人家的麥克風。我有申請過這類信用卡，拿到的好處遠不只更多的托運行李限額。

我很想跟機上乘客分享一個故事：我就是因為使用這種信用卡，而得以跟老公去歐洲旅行，飛行里程數讓我能把經濟艙升等到商務艙，作為給老公的驚喜。我永遠不會忘記那一刻：我們踏進機艙時，空服員向我老公展示他的座位，是一張能完全躺平的莢艙式座椅。麥克一臉震驚又興奮地看著我。我們以前從沒享受過這種空中奢華，我給了他這種驚喜，而我換來的喜悅是無價之寶。那張信用卡和累積下來的飛行里程，讓我們擁有我會永遠珍惜的回憶，一趟令人難忘的旅程也因此變得更美好。

我不禁懷疑，如果更多人聽了我這個故事或任何相關故事，會不會就願意申請信用卡，願意接受航空公司的邀請，更願意說「我願意」。我的合理猜測是他們會的。人如果聽見故事，就會抬頭。如果一個訊息裡有角色、情感和細節，聽眾就會想像自己和親友置身於同樣處境。如果訊息中有特定時刻，像是某人踏進機艙的瞬間，聽眾就會投入共同創造的過程。如果這些環節都納入了「常態→爆炸性發展→新常態」的版式，那麼故事說完的時候，乘客應該就會立刻按鈕呼叫空服員，無法抗拒所推銷的商品。

你的故事其實遠不只這樣……

推銷員拿不到訂單，或是行銷訊息無法改變聽眾的心意，其實是聽眾沒聽見產品的真正價值，訊息沒傳達出產品的價值。減肥計畫的價值，遠不只是你要買的食物或要雇用的訓練師，而是讓你重燃自信，重燃原本枯竭的熱忱、恢復能量去做你熱愛的活動。

先進的遠程醫療設備，價值遠不只是設備本身的成本，而是一個家庭能感到喜悅、安心並免於悲痛，因為該裝置能讓一流醫師如同親臨現場，孩子在偏遠地區發生緊急狀況時能保住一命。

雲端解決方案的價值遠不僅是每個月的費用，不只是這種科技能省下多少時間，而是像沃基瓦平臺那樣，讓人們能把省下來的時間拿去做別的用途，像是參加鐵人三項、參加孩子的棒球賽，或實現夢想。

如果你是某個產品、服務或公司的代表或創辦人，你有心把你的優秀產品宣揚到全世界，那大概說過或至少想過這句臺詞：「是的，這是〈在這裡插入該產品或服務的名稱〉，有哪些功能，但遠不只這樣。」挑戰在於，你接下來會說的，通常是更多文字、情報和更繁瑣的解說，但你真正需要的，其實是透過故事來傳達價值和實用性。

這種「遠不只這樣」的最強案例之一，應該是蘋果在二〇一四年冬季一支名叫《誤解》的廣告。

伴隨著柔和的節慶音樂，畫面上是一個家庭在凜冬之日擠進車裡，行駛來到一條積雪街道，下車走向爺爺奶奶家，受到最溫馨的歡迎。這是典型的聖誕闔家團圓，劇中也有個典型的中二少年，這個頭髮蓬亂的年輕人似乎懶得參與家族活動。他在每個場景和活動都盯著手上的iPhone。爺爺擁抱他，他盯著iPhone；大夥躺在雪地上擺動四肢畫出雪天使，他盯著iPhone；大家忙著烤餅乾，他盯著iPhone。這個少年似乎只在意手上的手機，對周圍一切漠不關心。

直到聖誕節早上。

祖孫三代聚在舒適的起居室，各個身穿睡衣，開心地拆禮物。聖誕樹的燈飾閃閃發光，現場笑聲不斷。看似叛逆的蓬髮少年突然站起，面向電視機，大夥見狀納悶不語。少年把iPhone對準電視機，滑一下手機螢幕，電視上突然出現幻燈片秀，照片和影片都是最近這幾天拍的。真相大白：這名少年成天捧著手機，其實不是玩遊戲或盯著社群媒體，而是記錄全家人這幾天的溫馨互動，製成影片，當作送給大家的禮物。由愛與幸福組成的畫面閃過電視螢幕，每顆雪球、每道微笑、每個細節都被捕捉下來，讓全家人能永遠回味。他的家人對此滿懷感激，看著影片時流下喜悅之淚。影片結束時，大夥給這名少年遲來的擁抱。

每次看到這個群體抱抱，我都會掉淚。

這個擁抱的意義遠超過任何「功能清單」。

和我們一樣，蘋果在開始製作這個廣告之前，也可以選擇只著重於手機的功能。你能想像那種廣告是什麼模樣，因為他們也拍過。一個悅耳的男性嗓音向觀眾介紹：iPhone 操作起來多麼直接，「一切都在您手上」的影片軟體多麼方便好用，專業級的剪接功能，拜優越相機技術所賜的精美畫質，讓製作影片得以成真的龐大儲存容量。觀眾看到手機在白色背景上轉動，幾個跳接鏡頭展示這些功能的實際運用。這種宣傳影片確實很酷，但我覺得影響力根本沒辦法跟故事比。

正因為蘋果選擇說故事，我們才有機會看到這個產品在日常生活上的意義，它能讓我們感情更好，能製作我們珍惜的回憶。

當然，不是每個人都喜歡這支廣告。蘋果贏得二〇一四年艾美獎的最佳廣告獎後，很多人抱怨這支廣告根本搞錯重點，它該專注於產品功能，因為任何智慧型手機都能製作影片。還有人批評，這支廣告證明了現在的行銷方式哪裡有問題。

肯・薩格爾曾在賈伯斯的廣告公司擔任創意指導，對此做出犀利分析：「一般人看到這支廣告，都會停下腳步，擦拭眼淚，進而覺得跟蘋果的關係又親密了一些，而這就是這支廣告的行銷宗旨。」

請注意他這句話的關鍵字：「停下腳步」「擦拭眼淚」「覺得跟蘋果的關係又親密了一些」。這支廣告上映時，蘋果其實正遭受一些抨擊（強制贈送U2專輯事件），因此需要搭建橋梁，有效吸引並改變觀眾。如果太著重於「影響」觀眾，反而會造成更多麻煩。透過一名少年與家人的互動來推銷產品功能，反而在價值方面引發共鳴。

薩格爾做出結論：「該廣告普遍獲得好評，完全符合蘋果一直想傳達的價值。重點不在於科技，而是生活的品質。」

人們買的不是產品本身，而是這東西能為他們做些什麼。

為了讓人們願意買下你的產品，你就必須跟他們說個故事。

也就是價值故事。

如何把方向轉往價值故事？

我雖然很喜歡《誤解》這支廣告，但它始終是蘋果的廣告。

我不知道你怎麼想，但我經常閱讀商業書籍和線上雜誌，覺得拿蘋果當案例分析的文章多到讓人有點想吐。沒錯，蘋果，世上最龐大的企業之一，拍出了正確的廣告。

可是如果你不是蘋果？如果你沒有花不完的資金，沒有一大堆頂尖廣告商搶著幫你拍出價值訊息，那你該怎麼辦？你要如何把「聚焦於產品功能」轉移到描述「這些功能如何解決現實問題」的故事上？

這是很公平的問題，也是雀兒喜．蕭茲曾經必須回答的問題，因為她別無選擇。

二〇一六年，雀兒喜在昂蓬公司（Unbounce）擔任廣告文案編輯時，遇到兩個兩難的窘境。Unbounce 的原意是「反跳離」，也就是避免網友沒把你的網頁看完就跳離網頁。這家公司專門提供網頁工具，幫助行銷商提高網頁與廣告轉換率。簡單來說，昂蓬能促使人們在瀏覽你的網站時做出行動，像是透過電子郵件訂閱、購買或試用產品。造訪者如果採取行動，就不再只是線上的虛擬逛街者，而是發生了「轉換」，以實際行動與你的生意產生互動。

轉換率至關重要。超級盃廣告的轉換率根本無法計算，相較之下，網站的轉換率則是以易於計算聞名。接下來這個事實雖然頗具爭議性，但一般人在瀏覽網站時，其實會一併送上許多資料，像是自己的性別、年齡、使用的科技設備、購物習性、喜歡哪種書籍。

對網路行銷商來說，這些數據就跟氧氣一樣不可或缺。每名造訪者都被追蹤，每個行動都被記錄，每筆交易都能追溯到源頭。從能否「量化」這點來看，網路行銷大概勝過其他所有行銷方式。

但這項優點也可能是弱點。越來越多網路公司太執著於數據，忘了數據背後是活生生的人，這就是雀兒喜面對的第一個兩難。她表示：「身為昂蓬員工，我們這十八個月都太在乎數據。我們製作的一切都是依據關鍵績效指標和目標，感覺就像我們逐漸傾向於『對人們說話』，而不是『和人們對話』。」

不只昂蓬碰到這種兩難，這個問題已經徹底滲透行銷界。二〇一五年九月，我第一次在一場數位行銷大會演講時，就湊巧碰上這個兩難局面。

精通網路廣告、內容行銷、搜尋引擎優化的三百五十名專家齊聚一堂，參加為期兩天的大會，演講內容充滿高度技術性。有多高？高到我想跟你清楚說明都辦不到。我記得演說者談到角色、再行銷（retargeting），還有……然後我就聽糊塗了。我聽糊塗到什麼程度？我回到飯店房間後，很想跟主辦單位說我家裡突然有事，沒辦法依約演說。讓我更想逃回家的另一個原因是，第一天活動落幕的總結演說，主辦單位邀請所有演講者上臺，輪流提供關於數位行銷的建議。我們並肩站在講臺上，輪到我的時候，我含糊不清地嘟噥關於「人」與「故事」。現場一片沉默，三百五十雙眼睛先是瞪著我，然後互看，每個人似乎都在問：她究竟在胡說什麼？

我真的很想說那個尷尬氣氛是出自我想像（我當時也真的這麼希望），可惜那是真的。第一天活動結束後的社交時間，幾個與會者好意跟我確認了這點。「噢……我相信妳明天一定會表現得很好。」他們這樣安慰我的時候，講臺上正在播放以夏威夷烤肉為主題的投影片。

隔天早上，我決定面對恐懼，上臺演講。當時心想，既然昨晚每個人都喝了不少，今早應該都在宿醉，不會參加第一場演說，也就是我的演講。

我錯了。

早上九點整，現場擠得水洩不通，畢竟每個人都花了大錢參加，或者該說，就像在高速公路開車時經過車禍現場，每個人都想親眼目睹我的演講遲早撞車起火。無論如何，我都得履行職責，所以我跟這些數位行銷商說了一個故事，然後傳授說故事的藝術。令我意外的是，這場演講大受歡迎。聽眾自己大概也很意外，因為有一篇相關推文寫道：「誰能料到整場活動最精采的部分，就是那個說書人的演講！」（謝啦，老兄。）

我是很想邀功，很想相信自己的三寸不爛之舌正中目標，但我知道真正的功勞，是一股更為龐大的力量。這些與會人士都是各界高手，但隨著數據越用越多，加上能追蹤相關指標，我們變得只在乎分析數據，而忘了這些指標後面是活生生的人。

這個人有煩惱。

這個人需要你幫忙解決煩惱。

這個人需要透過故事來注意你，相信你提供的解決方案才是正確答案，進而成為你的信徒。

二〇一五年九月那場活動，成為我後來諸多數位行銷演講的第一場，也因為這種活動處處充滿指標，我很高興被選為頂尖演說者。我參加了幾場數位行銷大會，當時不知道昂蓬公司的雀兒喜其實也有出席。

雀兒喜很擔心昂蓬公司的行銷，這就是她面對的第二個兩難。造化弄人，雀兒喜當時的職責是製作影片，向既有顧客解釋新產品「昂蓬轉換器」為何值得期待。

昂蓬轉換器是昂蓬現有的「一頁式網站製作器」裡的一項工具，能讓數位行銷商製作並測試轉換率的相關工具，像是彈出式廣告和黏條式廣告（sticky-bar），而不用找來程式設計師。說得更簡單些，利用這項工具，你在短短幾秒內就能隨意調整線上轉換率工具，並查看成果，不需要找工具人幫忙。你如果想在二十一世紀創業，昂蓬提供的工具簡直就像魔法。

昂蓬轉換器確實是好處多多的強大工具，但有個問題：昂蓬當時還不想公開說明這個產品究竟是什麼，相關細節在上市前一直保密，而這就是第二個兩難。

既然雀兒喜不能提到重點，又要怎樣向顧客推銷？既然她根本不能談到某個產品，又要如何推銷這個產品？

然而，雀兒喜碰到的問題其實也是解決方案，而且人人都能用。既然你不能對任何人說明或展示產品，那你究竟該對顧客說什麼？如果換這個角度想，一切就會隨之改變。

別管產品了，先說說你的煩惱是什麼

「別管自己的公司究竟在賣什麼」，這聽在外行人耳裡就像天方夜譚。但這麼做其實也達成某個重要目的：強迫你把注意力放在顧客身上。既然你不能討論產品，那還能討論什麼？當然就是產品的使用者。

也就是你的既有顧客和潛在顧客。而且他們是活人，不是數據，這表示他們會對故事做出反應。

雀兒喜就是在研究這個兩難局面時，悟出箇中道理。既然她不能討論產品，那唯一能做的就是討論「人」。她把注意力聚焦在顧客身上一段時間後，終於看清楚他們的煩惱。之前耗費大把心力但成果稀少，現在終於取得突破。

「我突然想通了，」她說，「我該討論的，是他們在行銷時遇到的麻煩，我該在這個問題上說個故事。我意識到，不管我們販賣什麼，都需要一個人們能體會的故事，否則就只是白費唇舌。」

雀兒喜當時陷入困境，只有價值故事能救她出來。老辦法會引誘她把注意力放在產品上，但故事促使她著眼在顧客身上。這種改變並沒有讓她的工作變得更輕鬆；說故事雖然是更好的選擇，但很少是最輕鬆的選項。她當時在「如何傳達訊息」上陷入困境，別無選擇下只能換個辦法，透過說故事來達成目標。

如果產品沒有故事，就把價值放在使用者身上吧

昂蓬這支《你是行銷商》的影片簡單有效，而且最重要的是獲得成功。

廣告一開始的黑白畫面，是一雙茫然眼睛的特寫。旁白說話的同時，鏡頭往後拉，我們看到這雙眼睛是昂蓬的普通顧客，是個行銷人員，面對著筆記型電腦。他依然面無表情，隨著鏡頭持續後退，我們終於看到他的煩惱：預算很少，缺乏技術經驗，更大的問題是無法掌控行銷過程。

用史代拉敘事架構的術語來說，目前這個狀態就是這可憐人的「常態」，我們就是在這時候得知他的痛苦。

接下來是爆炸性發展：他終於眨眼，我們聽見昂蓬即將推出一個新的轉換器。這名行銷人員睜開眼睛時，處於「新常態」：所在世界五彩繽紛，人生不再黑白。鏡頭再次後退，他成了不一樣的人，面帶微笑，正在啜飲咖啡。

這支廣告內容簡單、成本低廉，但效果十足。雀兒喜說：「我們把影片的視覺效果都集中在這個人身上（也就是鮮明角色）。畫面簡單俐落，內容簡單易懂，不只宣揚了我們的訊息和期待，也讓我們獲得了銷售線索連同新顧客。而且，就像我說過的，這支廣告根本沒說我們即將推出什麼產品！」

昂蓬訴說的這個故事壓根兒沒讓產品露面。事實上，這支廣告只有提到公司即將推出某個產品，除此之外並沒多加透露。

整個畫面都著重於真正重要的人物（行銷商）、這人面對的問題（在「行銷漏斗」枯竭時判斷該怎麼辦），以及在解決問題後從此過得幸福快樂。

對昂蓬來說，這個故事的成效超出預期，換來了超過一千兩百人詢問，是雀兒喜預期目標的十倍多。而且，對昂蓬這行業來說，對產品真正感興趣之人提供的電子郵件地址，就跟黃金一樣寶貴。這些潛在顧客「轉換」了，這個術語在數位行銷界的意思就是他們「買了」。

數據很重要，但你得藏進故事裡

我們在這裡先暫停一下，因為我認為有必要跟你說清楚：我這個故事狂其實非常注重數據。我沒開玩笑。我如果要寫徵婚啟事，八成會納入以下這段：「我不在乎你喜不喜歡狗，但我在乎你明不明白，人們為何為了達成特定目標而詳細記錄相關活動。」我記錄自己吃了什麼、每星期跟家人好好共處了幾小時，並且每天寫了多少字。我記錄自己的體重、靜心次數，還有其他不太適合在這公開的私人指標。

所以，在你開始以為我們太在乎「定性」層面而忽略了「定量」層面時，讓我向你保證：故事需要數據，辯詞需要證據，系統一需要系統二，否則可憐的摩西會被你害得天天造方舟。我們需要調整的，是「解讀」資訊的方式。

還記得《歡樂滿人間》的瑪麗．包萍嗎？天下第一保母，孩子如果拒絕吃藥，她會把藥混在一匙砂糖裡。就像養狗人士把藥藏在花生醬裡餵幼犬，我媽以前總是把碾碎的退燒藥混在蘋果泥裡（害得我現在看到蘋果泥就會有點起疑），你也應該把數據、邏輯、重點和資訊藏在故事裡。

配方其實非常簡單，先從說故事開始，吸引他們，捕捉他們，促使他們在系統一模式下立刻說出「我願意」。然後加入資訊，提供事實，說服他們的邏輯腦，在這階段覺得該放多少數據就放多少。但你得回到故事上，用「新常態」來收尾。**就像一匙砂糖，只要這個訊息是以故事開頭，以故事結尾，人就會吞得開心又順口**。

接下來會詳細說明，如何使用史代拉敘事架構和環節來創造完美的價值故事。

價值故事的敘事架構

史代拉敘事架構可說是為「價值故事」而生，彼此基本上就是絕配。

仔細想想：現有顧客或潛在顧客面臨煩惱或問題，他們正在掙扎，正在想辦法應付，正在判斷有沒有更好的方法，而這就是所謂的常態。然後你或你的公司登場，顧客用了你的產品、解決方案或服務，也就是所謂的爆炸性發展。現在，他們的人生變得更美好，痛苦不再，問題獲得解決，生活遠好過以往，而這就是所謂的新常態。

換個說法：

①**常態**

- 你的顧客現在有什麼煩惱？
- 他們正在經歷什麼痛苦？

- 他們有什麼感受？
- 這如何影響他們的生活、他們的生意？
- 什麼問題讓他們難以成眠？

② **爆炸性發展**

- 你的產品或服務如何解決他們的痛苦或煩惱？
- 你的產品或服務如何改善他們的生活？
- 對顧客來說，使用你的產品或服務是什麼感受？
- 你的產品或服務為何與眾不同？

③ **新常態**

- 之後的生活有什麼不一樣？
- 哪些事獲得改善？
- 顧客有何感想？
- 哪些煩惱消失了？

以這套基本架構為依據，你如果想讓一個價值故事真正引發共鳴、命中目標或（請在這裡插入其他陳腔濫調），關鍵就是納入並執行故事的四大環節。

價值故事中的四大環節

我們在第三章學到，想讓一則訊息「算是」故事而且精采，就需要幾個必要環節。別緊張，運用這些環節其實超簡單，而且在一般案例上都顯而易見。但為了確保你再也不會質疑自己的價值故事，我將詳細說明每個環節在價值故事中的微妙特色。

鮮明角色：絕對不是商品本身

大多數的價值故事就是從「鮮明角色」走錯方向。我能體諒，這真的很容易讓人混淆。如果你試著讓人明白某個產品的價值，故事主角就應該是產品本身嘛。這個產品有這個功能！還有那個功能！還有，噢，你有沒有發現，這個產品比別家的好，都是因為這個、那個，還有……答案即將揭曉……這個功能！

你該記住的重點是，許多研究發現，想把故事說得高明，關鍵在於提供讓人感同身受的實際角色。

角色是否鮮明，將決定一個故事有效還是沒力。**行銷最大的錯誤，就是把你想賣的東西放在中心點，而不是你販賣的對象**。你著重於軟體、漢堡、化妝品、新車、手機程式，而不是會使用這個軟體、吃這個漢堡、抹這個化妝品、開這輛車，或受益於這個手機程式的人。除非皮克斯的《汽車總動員》是你拍的，不然車子不會是主角。人才是主角。產品本身沒辦法贏得女孩的芳心、克服萬難或斬殺惡龍，做這些事的是人，主角是身披閃亮鎧甲的武士，寶劍是產品，惡龍是問題。沒錯，用劍的是武士，但斬殺惡龍的是武士而非寶劍，寶劍只是解決問題的工具。如果拿掉武士，你就沒了故事，有的只是插在石縫裡的一塊細長金屬。

你在雕塑價值故事的時候，確保裡頭有角色，也許是人，在百威啤酒廣告裡則是可愛的動物。你在故事中也必須列出該角色的幾個細節，可單純可複雜，例如角色的年齡、個性、特徵、職業，或身上特定的物品。只需一、兩個小細節，就能在觀眾心中塑造該角色的形象。觀眾越能清楚想像該角色的模樣，就越對廣告內容有所感觸。

在蘋果那支廣告中，我們很容易體會少年為何看似心不在焉。

在沃基瓦的故事中，我們能體會一個過勞的男人懷抱著辦公室以外的夢想。

我再說一次，想讓價值故事成功就必須有角色，不只是你的產品，不只是你的工廠、辦公室、技術、編碼或程式，不只是你的商標、品牌、推銷說詞或計畫。價值故事如果缺乏人們在乎的角色，就毫無價值。

至於產品本身？價值故事的優點，正如雀兒喜和昂蓬公司所體會到的，就是你根本不需要提到產品。我們不須親眼看到它，也不用真正理解它。我們唯一需要理解的，是這個產品能改變鮮明角色的人生走向，進而改變我們自己的人生。

真實情感：你得上人家的床

我聽一位銷售大師說過，你如果想完全明白潛在顧客的需求，就必須上人家的床。

嗯，我也覺得這個說法有點變態，不過現在回想起來，我覺得這就是他的用意。他是故意讓這個說法帶有一點爭議性，而且後來有補充說明：**想弄清楚顧客究竟在乎什麼，你就必須想像他們下班時間的畫面**。他們也許跟家人一起吃了晚飯，也可能因為加班而無法與家人共進晚餐。也許他們趁這時候付了一些帳單，回了幾封電子郵件，看了一會兒深夜電視節目，然後，在熄燈入睡前的那幾分鐘……

什麼因素使得他們無法立刻進入夢鄉？

什麼煩惱害得他們瞪著天花板，思索無力解決的問題？什麼問題令他們緊張兮兮？知道答案後，接下來的步驟就是你能如何為其解憂。

我雖然只想上自己的床，但價值故事的情感就是從這裡開始。雖然你一定想分享自己對某產品或機會的感想，但在價值故事中，只有你的潛在顧客和「鮮明角色」的感受才重要。

就是在這時候，關鍵客戶的相關數據、性格和其他情報變得無比珍貴。就是在這時候，你必須運用你辛苦獲得的分析成果，把話題集中在顧客最在乎的問題、令他們失眠的煩惱上，然後說個涵蓋並觸及這種感受的故事。

另外，別低估了「當面跟顧客和潛在客戶談話」的力量。不要過度依賴線上問卷調查和數據，因為真實談話才能揭露你可能忽略的真實情感。談話不僅能讓你更了解對方，也能讓你發現在最後兩個環節中該說些什麼。

特定時刻：真正感受到變化與價值的時刻

價值故事的優點之一，是你如果適當地把煩惱放進具體情境，就能模擬你和產品將如何解決問題。雖然加入角色和情感能讓聽眾更為投入，但一流的價值故事會適時聚焦於特定時刻，讓聽者腦海中的畫面更清晰明確。

你可以用各種方式加入特定時刻，這也取決於你說故事是透過什麼媒介。在「建築工」兒童玩具的行銷案例上，我們在訊息中列出明確的日期時間，好讓受訪者更清楚故事是什麼時候發生。如果你用的是「一維訊息」，也就是對方只能「閱讀」這個訊息，無法視聽兼有，那你就更需要利用特定時刻。那支蘋果廣告就是一例：少年打開電視的瞬間，現場氣氛明顯安靜下來，強調了這一刻發生了某種變化。

在價值故事中運用特定時刻的最後一個重點，就是這常常跟爆炸性發展有所關聯。事情原本按常態發展，卻在這一刻突然改變。解決方案就是在這一刻出現，產品或服務的真正價值就是在這時候成真。

具體細節：讓聽眾覺得「你真的懂我」

我曾在傑克亨利聯合公司（Jack Henry & Associates）的一場大會上演說。這是一家公開交易的大型科技企業，為銀行與信用合作社提供科技產品和服務，一般民眾才得以和金融機構互動。你能上網查看帳戶活動？拜傑克亨利所賜。你能在手機上把一筆錢存進帳戶？多虧了傑克亨利。二〇一八年七月，他們慶祝利潤豐厚的一年。我跟許多公司企業合作過，因此一眼就看出為什麼：他們雖然分散卻默契十足，雖然興奮卻沒迷失方向。更重要的是，他們知道「了解客戶」這個過程中哪些環節很重要。你在簽下客戶後，當然必須了解對方的需求，但就是因為先了解客戶，對方才願意跟你有生意上的往來。

在那場大會上，史蒂夫．湯姆森，銷售與行銷的總經理，對他將近五百人的團隊表示：成功與否，取決於你第一次見到客戶前已經多了解對方。你必須知道他們需要什麼、有什麼煩惱，而且傑克亨利能如何幫忙。

「客戶知識」尤其影響銷售、說故事以及價值故事。**你對潛在客戶說故事的時候，別害怕，把細節說得越具體越好**。電影《上班一條蟲》裡那個紅色釘書機就是一例（按：劇中主角最愛的紅色釘書機，走到哪都要帶著，展現了人物的偏執個性）。這不僅能把聽眾拉進共同創造過程（在第一章討論過），也能讓你大秀「同理心」肌肉。如果你知道他們在加班開會時常常叫披薩，那就加入這個細節；如果你知道他們八成蒐集了由銷售代表們贈送、印有商標的上百枝筆，那就加入這個細節。營造畫面時多多運用聽者熟悉的具體細節，對方就會覺得「你很懂我」。

不過我得警告你：這個環節不容捏造。就像傑克亨利那位銷售總經理說過的，你必須真的了解潛在顧客。想認識聽眾，就得透過時間、研究或經驗。認識對方後，在說故事時加入細節，讓他們覺得畫面很熟悉、你真的很懂他們。

價值故事的真正價值

價值故事最重要的特色，當然就是這招真的有效，能讓原本劣等的銷售與行銷變得能吸引、影響並改變聽眾。透過價值故事，你的潛在客戶，連同未來的忠實顧客，就更容易明白你的產品或服務究竟有多好。不管你是誰、你的故事是什麼，如果把注意力轉移到你想服務的人身上，幫他們減輕或避開一些痛苦，你就不會再覺得行銷術效果不彰。只要為服務或產品創造一個價值故事，就會看見成果，有時候甚至是立竿見影。

擔任人像攝影師的莎拉就是一例。和大多數的攝影師一樣，她的服務項目簡單明瞭，就是幫人拍照，主要是畢業照或大頭照，有時候是拍攝全家福，偶爾是婚禮。顧客想拍攝高品質相片的時候，莎拉才賺得到錢。當然，拍攝高品質相片可不便宜，加上這年頭的智慧型手機就能滿足一般人的攝影需求，莎拉一直在想辦法跨越價值鴻溝。

某年春天，莎拉決定提供特殊的母親節迷你沙龍照，但不是一般那種母親與嬰兒照。莎拉想拍成年人跟父母或祖輩的合照，為原本的攝影服務做出了有趣的調整。莎拉以一般方式推銷這項服務，在社群媒體上刊登了簡單的廣告，說明服務內容、時間、地點、顧客會拿到什麼樣的相片，以及如何預約。

成效如何？冷清得能讓你聽見經典的蟋蟀音效。

可想而知，莎拉大失所望。但她沒放棄，因為這件事對她來說真的很重要。

母親節的幾個月前，莎拉失去了深愛的祖母。她在成年後跟祖母一起生活了十年，正因為這十年，莎拉比一般的成年人更熟悉自己的祖母，不是普通小孩子對阿嬤的那種認識。為了追悼，莎拉搜索每一支棄置的舊手機和鞋盒，尋找兩人這十年來的合照。她想找一張打光充足的相片，能襯托出兩人契合又自然的笑臉。

但根本沒有這種照片。

因為莎拉和祖母從沒拍過合照。

如今，莎拉願意付出任何代價，只要能跟摯愛的祖母一起坐下來三十分鐘，讓相機捕捉兩人在一起的片刻。

她真希望人們能明白，這才是沙龍照的意義。

她就是在這時候恍然大悟：她應該說出這個故事。

所以她這麼做。

莎拉重新刊登母親節攝影服務的廣告，但這次不是著重於價格和成果，而是說出祖母的故事。人們反應熱烈，根本沒人嫌價格太高，甚至也分享了自己的故事，表達他們對她的故事產生多麼強烈的共鳴。

這個攝影活動原本差點成了她最大的失敗，現在卻是她至今最大的成功。預約人數比以前任何時期多了一倍，就因為她分享了一個故事。

這就是價值故事的精髓：**用別人做不到的方式來描述某種價值**。不管你的生意多大多小，只要你想獲得更多的銷售額、更好的行銷成果，就該從說出價值故事開始。

還有，你如果突然想在母親節那天跟你媽、奶奶或外婆拍沙龍照，那你得排在我後面。

第五章

創辦人故事

創業者如何透過故事來吸引資金、顧客和人才

如果找你投資的某人根本不相信自己的故事，你又怎麼會相信人家？

——艾美．柯蒂，著有《姿勢決定你是誰》

二〇一三年，我在拉斯維加斯參加一場手工藝博覽會，有來自全國各地的數百名藝術家，好幾輛卡車運來無數桶子和紙箱，裡頭裝著他們精美又珍貴的作品。在美式足球場大小的會場裡，每位藝術家都搭起攤位，希望在大會正式展開、資金雄厚的買家們走進入口時，自己的攤位能吸引到買家，完成交易。

我在大會開始前的傍晚抵達現場。身為教育時段的演說者，我因而受邀在會場準備期間參觀。我漫步走過一排排攤位，販賣的東西包括精緻串珠、畫作、廢鐵雕像、彩

繪布料和玻璃藝品。雖然攤位彼此間有些差異，但賣的東西基本上都一樣，我很快就逛得滿腦子既視感。我來到最後一排，經過某個攤位，這裡擺滿美麗的吹玻璃藝品，覆以鮮豔螺紋的餐盤、酒杯、大碗和大盤。這不是我在這裡見到的第一個玻璃藝品攤，但它確實吸引我的目光。我走向顧攤的男子，跟他打招呼，不僅因為好奇，也因為想看看他會不會跟我說個故事。

「這些是你的作品？真美。」

「是的，都是我做的。謝謝妳。」

「能不能跟我說說……」我停頓幾秒，面帶微笑，「我想更了解你的作品。是什麼原因鼓勵你創作？」

他看著我，說聲：「這些是裝飾盤。」

不算是我期望的答案，尤其考慮到在這場展覽會上，這位吹玻璃創業者應該會想表達自己跟另外三十位玻璃藝術家的區別，所以我再試一次。

「你做這一行多久了？是什麼原因讓你決定投入？」

「一九八七年。」

我得幫他辯護：博覽會這時候還沒開幕，所以這位攤主兼藝術家還沒完全處於開機狀態。無論原因是什麼，我看得出來這裡沒故事可聽。就在這時候，主辦單位的人員來到這個攤位，向攤主介紹我是「金卓拉・霍爾，說故事的專家，將在明天的教育時段說明如何利用說故事來讓自己的品牌與眾不同」。

這位藝術家突然一臉恍然大悟，彷彿聽人說過他應該說出自己的故事。但他還來不及開口，主辦人員已經拉我離開。我轉身時，聽見藝術家喊道：「等等！等一下！」我轉向他，他說：「如果可以的話，請妳回來，我有個很棒的故事能說給妳聽。」

我相信他有。

可惜他沒在機會到來的時候說出口。

每個生意都有故事

每個生意都有創辦人故事。

每個生意後面，都有個「誰」用「什麼方式」開創這一切的故事，描述創辦人想到生意點子之前的往事，靈光一閃的那一刻，創辦人意識到這也許是門生意的那瞬間。

不管你是公司員工還是成立自己的公司，都一定有個故事。不管這個故事是大是小、是舊是新，除非這家公司憑空出現，否則只要讓我看看某家公司或某個產品，我就能說出這一切是如何開始的故事。

這對你來說是天大的好消息。

因為我們的世界很像拉斯維加斯的展覽會場，無數競爭對手販賣同樣的東西，你如果想突顯自己、跨越跟潛在顧客之間的鴻溝，創辦人故事就是最好的辦法之一。

不管你是在創業階段試著吸引投資者的資金、在擁擠的市場上鶴立雞群，還是吸引頂尖人才，創辦人故事都能透過不同方式、因不同原因來應付這三種情況。

透過創辦人故事跨越與投資者之間的鴻溝

幾年前，兩個大學同學在舊金山成了室友。我不知道你有沒有住過舊金山或認識當地人，總之當地的住宿是出了名的貴。舊金山有很多優點，可惜「住宿便宜」絕非其中之一。所以你能想像，到了該付房租的時候，兩個男生總是有些捉襟見肘。

當他們想辦法付房租時，城裡正在舉行一場設計大會，規模大到活動建議的所有旅館全被訂滿，整個舊金山已經沒有房間容納任何設計師。所以從外地來的設計師們該怎麼辦？睡路邊？睡在陌生人家裡的地板上？

且慢。如果……

得知現在還有人徒勞地尋找城中住宿，這兩個窮困的舊金山室友動了一個瘋狂點子：如果把自己的房間租出去？來自外地的訪客就有地方過夜，他們就能拿訪客付的房錢去繳房租。

聽起來很完美，但有個大問題：這兩個男生根本沒有空房間，也沒有第三張床。不過，他們倒是有兩張氣墊床，而且客廳有地方能躺。他們覺得這種條件算不錯了，能拿來出租。

兩人刊了廣告，宣傳有兩張氣墊床能躺，結果有三人表示願意，三個十足的陌生人。事實證明，這成了超棒的經驗，租客們在大會活動和這兩個男生的公寓都過得很開心，招待客人的兩人也很開心。

然後他們又有個點子：如果不只一次？如果這種收入不只賺一次，而是每個月都有，任何人都能租這個床位、獲得絕佳體驗，而且創業成本只是兩張氣墊床？

這就是我們今天所知的 Airbnb。

當然，這只是故事的一部分，之後還有很多轉折和創意上的勝利，例如：

- 用信用卡負擔一開始辛苦的創業階段，結果背了好幾萬美元的債。
- 為了償還債務、活下去繼續做生意，他們設計了「歐巴馬」與「麥肯船長」這兩種早餐穀片紙盒，當成 Airbnb 的早餐包裝。
- 向人數稀少的一群部落客推銷自己的品牌，因為只有這些人可能願意理他們。

這些故事現在成了Airbnb的傳奇。但人們經常忽略的是，當Airbnb只有兩個顧客而非數百萬用戶、每天面臨存亡關頭的時候，說故事有多重要。

如何說服別人給你機會？

創業必定面臨挑戰，Airbnb碰到的挑戰還真不少。我們現在雖然熟悉「共享經濟」這個概念，理解如何把家裡的多餘空間變成生意，但當時可不是這樣。你想想，如果有人跟你說：「你這個週末讓幾個陌生人住你家吧？……你說什麼？不，他們不是我朋友，也不是我朋友的朋友，只是在網路上看到的幾個陌生人。也許你能順便幫他們準備早餐。」

一般人都會一口拒絕，一般的投資者對這個概念也是這種反應。傑夫・喬丹是安霍創投公司的合夥人，據說這家公司能嗅到十年後才會出現的大商機。Skype、臉書和推特只是他們的成功案例之三。

所以你能想像，喬丹的這句話「我第一次聽說Airbnb的時候，覺得這八成是我這輩子聽過最蠢的主意」，對任何創業者來說都是打擊靈魂的批評，身為Airbnb共同創辦人的布萊恩・切斯基也不例外。唯一可能讓切斯基覺得好受一點的是，他在公司成立初期常常聽見這類批評。

創業的第一年，切斯基拜訪的每一家創投公司都拒絕了他。就像他對《Fast Company》雜誌說過的：「我們被當成瘋子。他們說不可能有人想跟陌生人一起過夜，這一定會發生慘案。」

我能想像切斯基當時的憤怒和沮喪，因為只有他和搭檔打從心底相信他們找到了某種生意機會（他們真的找到了），卻一直遭到投資人拒絕。另一個例子是「懷舊女郎」樂團的主唱希拉蕊．史考特，她在選秀節目《美國偶像》曾被拒絕兩次，後來成為暢銷歌手，拿過五次葛萊美獎。第三個例子就是J．K．羅琳，她寫的第一本《哈利波特》曾被十二家出版社拒絕。

這三個案例的當事人都擁有才華和機會，但你該如何有效地向投資者傳達自己的潛力，尤其因為對方能決定是否給你畢生難得的機會，或直接為你的夢想判處死刑？你該如何說服投資者相信，你雖然還拿不出成功的證據，但你的生意值得他們投資？你明明拿不出擔保，又該如何說服投資者冒險一搏？如果機會到來，你能站在某個願意聆聽、能讓你的構想起飛的富翁面前，你會說什麼？

這些都是好問題，是每個創業者必須自問的問題，Airbnb的兩位創辦人也不例外。對一些人來說，這個特殊的兩難問題是在幾百萬人面前發生。

說創辦人故事等於在推銷自己

每星期，全美國有數百萬觀眾收看ＡＢＣ電視頻道的《創業鯊魚幫》：幾個創業者滿懷希望地站在一群嚇人的評審面前，推銷自己的構想、生意、產品或服務，希望其中一條「鯊魚」會願意投資。這個節目不僅娛樂性十足，也讓觀眾清楚看見（當然清楚，都要感謝燈光師）創業者面臨的造橋挑戰。

這雖然是電視節目，但所呈現的掙扎並無虛假。

在戲劇性配樂的搭配下，我們看到創業者沿著一條令人卻步的步道走來、面對命運：他們將獲得畢生難求的機會？還是夢想就此終結？

創業者的推銷通常都以相同方式展開：自我介紹、想要什麼樣的投資條件、簡略介紹產品或生意，然後呢……接下來這部分因人而異。

最顯而易見的選擇就是解說數字。創業者知道投資者想賺錢（而且通常沒別的目的），因此會想出各種辦法，試圖讓投資者相信值得冒這個險。還有什麼東西好過冰冷的證據？邏輯永遠是最佳策略，數字最可靠，像是市場規模、轉換率、投資回報率和邊際成本。這些數據讓創業者自己聽了安心，聽在決策者耳裡也非常務實。

我先澄清一點：把數字弄清楚當然重要，但正如我們先前討論過的，光靠數字恐怕絕對不夠。

想達成一筆能改變人生的交易，需要什麼祕密配方？

我認為絕對少不了創辦人故事。

其實，我的團隊依據史代拉敘事架構，分析了第六季的《創業鯊魚幫》（剛好是整個系列節目的中期），發現在一百一十六組推銷臺詞中，有七六．七%都說了故事。跟沒說故事的相比，有說故事的大多獲得了投資。

當中的可能原因之一，是你在推銷一個新產品或構想的時候，其實也在推銷自己。

每個創辦人都有偉大的故事

布萊恩．切斯基的推銷過程雖然沒在電視上轉播，但他打從骨子裡知道Airbnb前途無量、因而決定找人投資時，那過程也算是與鯊魚共泳。

然而，想跨越創業者與投資者之間的鴻溝，任何數據都幫不了他。投資者對這種商業模式嚴重缺乏信心，就是看不出其中的可行性。切斯基以邏輯為主的推銷臺詞都吃了閉門羹，因此別無選擇，只能依賴故事的力量來說服投資者。只有創辦人說得出這種故事；切斯基唯一擁有的故事，就是關於他自己。

還記得先前提到的傑夫．喬丹嗎？這個創投者深信 Airbnb 是他這輩子聽過最蠢的點子。他雖然沒收回這句話，但還是有補充說明：在見到切斯基、聽了對方的發言後，他被說服了。

喬丹表示跟切斯基見面後，「只不過二十九分鐘，我就從全然的懷疑者變成虔誠的信徒。」為什麼？因為切斯基會說故事。「每個偉大的創辦人其實都能說出偉大的故事，」喬丹告訴《商業內幕》雜誌，「這是創辦人的能力之一：說服其他人相信你的構想。」

切斯基只透過一個簡單的故事、也就是自己的創辦人故事，就展示了喬丹所謂的「創辦人與產品之間的契合」。這個故事描述了某個構想的誕生，也從本質上傳達一個訊息：沒有其他人能在同一個時間點、用同一個方式想出同一個點子。

《創業鯊魚幫》的所有粉絲都能告訴你，如果對一個構想提供資助，這麼做其實不僅關乎構想本身。投資者在一家公司投入大把賭注時，其實不只是押在「這匹馬」身上，更押在「騎師」身上，也就是有熱忱把公司帶往成功頂點的那個人。若能聆聽創辦人故事，投資者就能相信創辦人值得信賴。這種故事能產生數字無法衡量的信心，能輕易解答諸多疑惑，能讓投資者不再懷疑創辦人的來歷、方向以及是否值得押注。

不管你是在好萊塢一家工作室向富豪名流推銷，還是在矽谷的會議室，當你發現潛在投資者瞇起眼睛、用雷射般的目光盯著你，對方其實正在進行一場沒說出口的對話——

投資者：這個創辦人真能克服萬難嗎？

創辦人：能。

投資者：這個創辦人有全心投入嗎？

創辦人：我流的血跟我的商標是同一個顏色。

投資者：這個創辦人在情感方面也投入其中嗎？

創辦人：別讓我老公／老婆知道，但我這輩子最快樂的日子其實不是婚禮那天，而是我正式成立公司那天。

但光是聽見這些答案還不夠，投資者需要覺得這些答案是真實的。既然我們已經知道說故事的效果，一個說得好的創辦人故事就能滿足他們在這方面的需求。

在命中注定的那一天，布萊恩．切斯基感受到身為創業者最強烈的體驗之一：他的故事讓懷疑者成了信徒。這個故事足以克服任何障礙，使人產生信心，讓客戶最終說出「我願意」。在我寫下這句話的時候，諸多投資人對 Airbnb 說出的「我願意」，價值一億一千兩百一十二萬美元。

利用創辦人故事突顯自己，跨越與客戶之間的鴻溝

我當然不知道你的商業計畫需不需要吸引投資人。很多創辦人並不需要投資者的資金，也不需要透過創辦人故事來取得資金。「很多」創業者是拿自己的資金來驅動獲利，拿利潤繼續投資驅動成長。我說的這個「很多」，是真的「很多」。

根據考夫曼指標，每個月有五十四萬人踏上創業之路。你沒看錯，五十四萬人！直覺軟體公司（Intuit）的研究發現，六四％的中小企業業主，創業時的資金不到一萬美元，而其中七五％在創業時是依賴個人存款。

這表示你有五十四萬個競爭對手，有五十四萬名創辦人跟你一樣渴望成功，他們砸下所有身家，跟你一樣為了獲勝用盡一切手段。你如果看到這覺得有點心跳加速，我能明白你的感受。

我的一些朋友和往來對象為了表達對我的支持和善意，常常傳文章、部落格和新聞稿給我看，內容是關於其他的說故事專家、公司或活動。我雖然很希望看到更多人教

導並宣揚說故事的重要性，但每篇文章都讓我微微皺眉，因為這意味著競爭，意味著創業者們不太願意承認的事實：市場上不是只有你一個。

無論你是否正處於第二輪融資，還是跟我一樣得上網查什麼叫做「第二輪融資」，你都會面對競爭和抄襲。這種時候，你就需要創辦人故事來突顯你自己。

既然能做到與眾不同，又何必融入主流？

二〇一五年，傑瑞．米克，沙漠之星建設公司（Desert Star Construction）的創辦人，就見識到說故事的力量遠遠超過原本的預期。他是建築世家的第三代，小時候最喜歡的玩具是一個裝滿鐵釘的咖啡罐，還有他父親偶爾願意借給他的鐵鎚。只要看看傑瑞的履歷，你在閱讀高級住家雜誌時產生的疑問就會獲得解答：這些房屋是真實存在嗎？是的，真實存在，而且都是傑瑞蓋的。

說真的，如果只有傑瑞一個人蓋這種房子，這部分就沒什麼故事可說，但世上當然不是只有沙漠之星這一家房屋建商。傑瑞的據點是稅務較輕的亞利桑那州，光是這裡的豪宅市場競爭就非常激烈。

和 Airbnb 的創辦人相似，傑瑞也對自身能力充滿信心。他知道自己的辦法和團隊都好過競爭對手，他在漫長的建屋過程中也比對手更在乎客戶。但他跟許多企業主一樣，不知道該如何傳達自己對建築的熱愛，也不知道這對打算自建夢想住家的潛在客戶來說有什麼意義。他每次嘗試說出口，聽起來就跟其他建商會說的臺詞一樣。他需要某種辦法來讓自己與眾不同。

他需要說出自己的故事。

傑瑞碰到的是中小企業面對的經典難題。他的公司不再處於初創期，而是完成了許多客戶的訂單，許多客戶正在使用、甚至喜愛他提供的產品或服務。這家公司有完善制度，有專屬團隊，而「尋找新客戶」成為如何讓公司繼續成長的關鍵。現在的重點不再是如何創業，而是如何達成差異化。

可惜的是，差異化其實不容易達成。每個人都宣傳自己與眾不同，那你要如何真正地說到做到？

我還記得，剛開始跟麥克約會時，我為了討好他願意做任何事，包括看美式足球賽（你已經知道這點），還有看《阿里雞秀》（Da Ali G Show）——沒錯，這個節目的內容就跟名稱一樣蠢。我就不贅述節目大綱了，而是直接描述其中一集：由喜劇演員薩夏．拜倫．科恩飾演的主角，在雜貨店的乳製品走道訪問一名店員。科恩指向擺滿各式切達乳酪的架子，問道：「這是什麼？」店員回答：「乳酪。」科恩走兩步，指向另一排乳酪，好像是瑞士乳酪，問道：「這是什麼？」店員回答：「乳酪。」科恩又走兩步，指向另一種乳酪，問道：「這個呢？」「乳酪。」這場戲之所以好笑，是因為架子上雖然有上百種乳酪，但店員描述的方式都一樣。

你的與眾不同，跟其他人一樣

二〇一二年，葛瑞格．麥基昂寫出《少，但是更好》這本商業聖經的兩年後，為《哈佛商業評論》寫了一篇文章，標題是〈我要是再看到一篇全是陳詞濫調的使命宣言，一定會仰天怒吼〉。

這篇文章先從某種遊戲開始，描述三家公司和三篇使命宣言。讀者的職責是找出哪篇使命宣言屬於哪家公司。看起來很簡單，但問題是這三篇使命宣言簡直如出一轍，只是文字順序不同。「利潤增長」「優秀的客戶服務」「造福我們的顧客和股東」「最高的道德標準」……這三家公司以為這些詞彙能讓自己獨樹一格，卻只顯得平凡無奇。

我跟幾個團體做過類似的實驗，這些團體當中有幾家公司來自同一個業界。「你們當中有多少人拿『追求卓越』這幾個字當成差異化宣傳？」人人舉手。「你們當中有多少人拿『客戶服務』這幾個字當成差異化宣傳？」人人再次舉手。「你們當中有多少人拿『熱忱』這幾個字當成差異化宣傳?」

你懂我的意思。

幸好他們舉手的時候伴隨一些笑聲(有點緊張的那種)。我們都承認自己的差異化宣言其實相同,至少傳達方式都一樣。

差異化的挑戰不只發生在乳酪貨架上,也存在於業界活動,是任何產品、服務和公司都會碰到的問題。

最好的解決辦法?創辦人故事。

當其他條件都一樣時,故事必勝

我在尋找適合貼身直筒連身裙的內衣時,不會選購百貨公司湊巧掛在展示架上的商品,而是只買 Spanx。為什麼?因為我聽過莎拉.布蕾克莉的故事。

故事描述她冒險創立公司,努力嘗試,直到成功約到跟一家大型百貨公司的採購管理師見面。她坐下來跟對方談話時,發現這位女士似乎就是不明白這個商品有多好,因此說服對方跟她一起進廁所,以便實際展示產品如何應用。就跟益齒達口香糖一樣,我瞪著一大堆讓腰臀部顯瘦的內衣,每家宣稱的功能都一樣,我最後選的是故事吸引我的那家。

我選擇去哪裡花錢吹頭髮，也是依據同樣的原則。不，不是剪髮，不是染髮，只是吹頭髮做造型。我可以走進任何一間美容院，包括我這十年來每六星期就會去的那間，但我只去Drybar美髮沙龍。為什麼？因為我聽過這家的創辦人故事。艾莉．韋伯曾在雜誌、線上專訪、播客節目和各種女性活動上說過自己的創業故事。說得出名稱的任何平臺或媒介，艾莉大概都去說過故事。我雖然已經聽過幾次，但每次都聽得很開心。故事描述她小時候因為滿頭鬈髮而有何感受，我想到自己小時候也覺得跟別人格格不入，不是因為頭髮，但還是能體會她的感受；故事提到吹頭髮貴得多誇張，我想起有次領錢時把帳戶餘額搞成負數，因為我在某家美容院買了一瓶洗髮精，沒想到一瓶要一百美元；故事提到她在洛杉磯四處開車，以低廉價格幫朋友們吹頭髮，我回想自己曾花多少時間幫朋友們在求職信、婚約誓詞或領獎感言上寫故事；故事提到她哥總是對她有信心，鼓勵她追尋目標，我想起我老公當年也鼓勵我辭掉工作，要我「弄清楚怎樣全職說故事」，天知道他那句話是什麼意思。她的故事充滿努力、冒險、放手一搏，然後終於成功！說真的，這麼精采的故事上哪找？

看到小美人魚愛麗兒變成人類、跟艾瑞克王子結婚時，我女兒臉上會流露驚奇的微笑。我如果聽見說得好的創辦人故事，也會出現同樣反應，感覺就像……夢想真的會成真！公主能打敗壞蛋！這聽起來也許就跟美人魚變成人類、小狗變成真正的男孩一樣瘋狂，但確實可能成真。**創辦人故事跟我自己的故事彼此融合，於是我成了這個品牌的忠實顧客**。

只要做得好，創辦人故事就是有這種效果，能觸動每個人心中都有的欲望。不管創辦人此刻在前往成功的路上身處何方，創業初期的故事其實很像童話故事。這就是為什麼你該說出這個故事，而且說一輩子。

當然，很多品牌和公司並沒有創辦人故事，也照樣擁有忠誠顧客。但如果你是中小企業的業主，不知道該怎樣突顯自己，那絕對不能小看創業故事的威力。也許你不太敢分享，因為你的故事似乎不如迪士尼電影那般宏偉、刺激或充滿戲劇性，但創辦人故事的重點，絕非故事規模的大小，而在於你是否決定說出來。

沙漠之星的傑瑞．米克就決定這麼做。

他的故事規模不算大，也不催人熱淚，好萊塢近期內大概不會拍成電影。但是傑瑞不在乎好萊塢，而是如何有效傳達他對建築業的熱忱、沙漠之星為什麼是建造夢想之家的最佳選擇。為了達成這個目的，傑瑞必須回到過去，回到很久以前。

他回到小時候。他的朋友們熱中於運動或阿兵哥公仔的時候，他兩種都沒參與，而是在建造東西，真正的堡壘，擁有斜屋頂，需要鐵錘、鐵釘和木板的堡壘。他有次蓋的堡壘大到占據了半個後院。他會坐在堡壘的屋頂上，夢想接下來要蓋什麼。

你看到這裡開始哭了沒有？大概沒有。這個故事有沒有改變你的人生？應該沒有。沒關係，因為這本來就不是傑瑞的用意。他想做的，是讓客戶明白他不是毫無理由地成為建商，而是他為這一行而生。如果你選擇沙漠之星來幫你蓋房子，傑瑞的團隊將抱著同樣的誠意，加上累積幾十年建造豪宅的經驗，打造出對得起「夢想之家」這個定義的房子。

傑瑞認為，訴說這個故事最好的方式是透過影片。他決定聘用一支拍攝小組，直接透過鏡頭傳達故事，在某個豪宅工地拍攝所需畫面。他花了幾星期寫劇本、協調並敲定一切。這項計畫原本看似完美，直到某一天突然有變。

造化弄人，在預定開拍的那天，某個重要的潛在客戶剛好想跟他見面，討論所謂的「私人度假屋計畫案」，該計畫的私人住家將是全美最大的豪宅。沙漠之星是最後一批待選的承包商之一，傑瑞對這個機會當然深感興奮。他想在當天下午親自向客戶推銷，而如此一來，攝影小組能用的時間將大幅縮短，傑瑞必須在拍攝結束後搭乘私人飛機去見客戶，推銷他迫切想參與的建築計畫。

拍攝工作終於完成。他們拍了畫面，傑瑞說了故事，工作人員才剛喊完「殺青！」，傑瑞已經動身趕路，而真正的故事是從這裡開始。傑瑞站在客戶的團隊面前，準備說出標準的推銷臺詞時，想起今天拍攝時說的建造堡壘的故事。

他決定放手一搏，沒拿對手也會用的使命宣言作為開場白，而是說出故事：他小時候建造堡壘；他每天離開工地的時候，都會想起小時候建造第一座堡壘的那天，而且不禁好奇接下來會蓋些什麼。

沙漠之星贏得了這項工程。

非常、非常、非常大的工程。

當然，就跟《創業鯊魚幫》上的諸多參賽者一樣，沙漠之星也需要熟悉自己的產品，以傳達願意商量出最好的價格，並樂意擔任客戶的代言人。他們需要數字、資料和證據來證明自己絕對有本領和能力。

但到頭來，在跟必定會宣傳同樣本領的建商競爭時，是故事為沙漠之星拿下勝利。客戶後來清楚說明：傑瑞小時候蓋堡壘這個故事，讓他感受到傑瑞的熱忱，相信對方一定能拿出成果。

很多時候，你需要的只是一個簡單的故事，在創辦一切當時的故事，或你第一次成功、第一次失敗的故事。每家公司企業的創立階段都有故事，都有獨特之處，能讓你顯得與眾不同。如果其他條件都一樣，你的創辦人故事將讓你跟競爭對手區分開來，有效地讓你跟客戶產生默契，讓客戶非常樂意對你說「我願意」。

創辦人故事還能跨越人才鴻溝

除了跨越投資者和客戶這兩道鴻溝，創辦人必須跨越的第三道鴻溝，是激勵別人一同跨越，進而成為團隊的一員。雖然有些生意的本質是單打獨鬥，但一家公司如果想成長並發揮潛力，創辦人常常必須吸引其他人加入，但不是誰都行，必須是頂尖人才。他們願意分享你的夢想，願意為了成果而投入心血，願意跟你一起坐這趟雲霄飛車。

也許你聽過一個比喻：一匹挽馬能拉動三．六公噸的重物，但兩匹挽馬合力能拉動將近十一公噸，是一匹馬的三倍多。雖然不確定這究竟是不是事實（網路上對此意見分歧），但原則一樣：只要組成正確的團隊，你的成功就能指數增長。

問題是，好人才未必好找。而且如果真的發現人才，你的幾個競爭對手可能也盯上了他們。二〇一七年，我花了很多時間去全國各地演講，聽眾是數百家企業的總裁和高層領袖，他們都是同儕智囊團（mastermind group）的成員。數千名高階經理，來自各業界的大小企業，在同一天齊聚一室，聆聽演說，學習實作精華和新辦法，來解決眼前最大的問題。

二〇一七年，調查指出無論哪座城市，不管是聖地牙哥、芝加哥、匹茲堡還是西雅圖，最大的煩惱都是取得人才。想讓一家公司企業成長茁壯，關鍵就在於有沒有人才，而那個會場的領袖們都想知道如何吸引人才。最好的辦法就是說服人才加入團隊，把他們從員工變成信徒。

想讓他們跨越這道鴻溝，說出創辦人故事就是最佳的第一步。

如何找出你的創辦人故事？

當然不是每門生意都想成為Airbnb那種模式，但別誤會：只要創了業，就是創辦人。你也許以為你沒有創辦人故事，但其實有，我能掛保證。你如果還是覺得沒自信，那該去看看Kickstarter網站（按：產品募資平臺，提供人們為創意專案籌集資金）上的故事，那些創辦人故事都來自真實存在的人們。

我們將在第八章深入探討各種辦法，來找出屬於你自己的故事。但現在，我會指出創辦人故事喜歡躲藏之處，以便你把它們找出來。

回到從前

我曾經跟一群頂尖的女性財務顧問合作，她們各個都是創業家，贏得無數客戶的信賴，致力於服務客戶，協助客戶最珍貴的某個東西得以成長，也就是財富。她們知道這個市場競爭有多激烈，潛在客戶當然都對她們的能力抱持懷疑。財務顧問的成功，完全取決於能否有效說明自己多麼熱中於這份工作、多麼值得信賴，還必須在將近二十五萬名財務顧問當中脫穎而出。

解決方案是什麼？就是找出屬於自己的創辦人故事。

想達成這個目的，這些女士回想對金錢產生熱忱的那一刻，像是生平第一次去銀行開戶，或存錢買第一個玩具。

其中一位說她自有印象以來就很愛錢，小時候最喜歡的玩具就是金錢。她當時雖然有個撲滿，卻很少把錢存在裡頭，而是喜歡把錢拿在手上，整理、堆疊、移來挪去。她一有機會就把玩這些錢，惹得她母親很不高興。

「別玩錢！」母親會這樣罵她。

「為什麼不行？」她問道。

「因為！」母親換上晚娘的強硬口吻，匆促想個能讓小女孩滿意的理由，「因為錢很髒！」母親這麼說，「錢很髒，妳不該當成玩具。」

這個答案給小女孩帶來沉重打擊。她真的好愛錢，就是愛不釋手，但也不想惹母親生氣，於是決心找個能讓彼此滿意的解決方案。小女孩來到後院，用小水桶裝了洗碗精和溫水，然後溫柔地清洗自己擁有的每一枚硬幣、每一張鈔票。

她忙到一半的時候，母親出現在矮階上。

「妳在做什麼！」母親怒罵，「我不是跟妳說過不准玩錢！」

「妳說錢很髒，可是妳看，我正在洗錢啊！」

這位財務顧問把故事說到這，補充道：「當然，我現在知道『洗錢』可不是好事，可是我對金錢的喜愛未曾改變。而且你可以放心，我在對待你的金錢時，必定抱持它應得的關愛和尊重態度。」

她回到小時候，找到了完美創辦人故事的序章。我們就是運用這個策略來協助沙漠之星，你也可以藉此找出自己的創辦人故事。

想起「一定有更好的辦法」的那一刻

瓦爾比派克的共同創辦人在年輕時把眼鏡忘在飛機上，因而體會到配眼鏡有多貴的殘酷事實，他就是在那一刻對自己說：「一定有更好的辦法！」

如果你有過同樣的領悟，在某一刻意識到老路並非最好的路，那可能就是你的創辦人故事的序章。

花點時間想想：你第一次出現這個念頭的那天，開始探索「更好的辦法」應該是什麼的那天，當時有何感受？有誰在身邊？發生了什麼事？試著想起你當時的好奇和震驚，還有事後覺得好笑、瘋狂或溫馨的細節。我叫你「花點時間想想」，就是要你真的投入一些時間。你身為創辦人，當然會想專注於公司目前的處境、接下來該怎麼走，而忘了一切開始的那天。但許多最精采的創辦人故事，就是來自「一定有更好的辦法！」的那一刻。

找出你的血汗與淚水

《創業鯊魚幫》的第五季，有個母親站在齜牙咧嘴的投資人面前，推銷自己設計的幼兒學步鞋。她很熟悉這一行，無論鯊魚們的提問多麼刁難，像是利潤和客戶獲取成本，不管問什麼，她都有問必答。

但是鯊魚缸裡的水還是有些混濁。

似乎沒有哪條鯊魚有意投資，直到這位來自猶他州的母親逮到機會，說出自己的創辦人故事。故事的重點倒不是鞋子，而是她推銷的另一項商品，也就是她自己。

她描述為了創業而付出什麼努力。沒錯，她是有構想，但構想也需要資金，她在這方面並不充裕。為了湊足資金、做出第一批產品，她整個夏天都在打工：敲掉鋁合金窗框上的玻璃。這可是流汗又流血的苦差事。

清掉玻璃後，她把鋁合金窗框拿去廢料場，換來兩百美元。她用這兩百塊買下一開始幾雙學步鞋所需的布料。

聽了她的故事後，鯊魚們從原本的無動於衷轉變成瘋狂爭奪。因為，說真的，幼兒鞋，就算是學步鞋，本來就不是什麼新構想，鯊魚們在乎的才不是她的幼兒學步鞋，而是她「願意盡一切努力」「在夏日豔陽下揮汗如雨」「不怕做苦工」「一定會把那兩百塊變成兩百萬」的故事。今天，她的學步鞋隨處可見——無論是百貨公司，還是我朋友們的寶寶腳上——正是因為她說出了由血汗與淚水組成的故事。

你在尋找自己的創辦人故事時，先別忙著挖掘快樂回憶。你當然很想聚焦在成功上，但最好先從陰暗回憶找起，而非處處都是彩虹和獨角獸的那些時光。Airbnb的創辦人故事可不是「我們想到很棒的點子，我們努力工作，我們真的天賦異稟又聰明過人，現在成為價值上億美元的企業」，Airbnb真正的故事才沒這麼富麗堂皇，但這才是它精采之處。

你記不記得生意出了重大差錯的時候？局勢險惡的日子？你的親友一直重複一句讓你很想揍人的話：「一切都是天注定……」

還記得那一刻嗎？

很好。

因為你的故事就在那一刻裡，就在那些掙扎當中，那些充滿血汗、讓你每晚哭到睡著的掙扎，但最終換來了勝利。你在裡頭會找到創辦人故事的種子。

四個創辦人故事的陷阱（以及如何避開）

雖然創辦人故事現在看起來有點像金科玉律，但就像Instagram上一大堆打上「＃失敗」這種主題標籤的相片，某個食譜在網路上看似簡單又精美，你實際做出來的成果卻只讓人想笑。訴說創辦人故事也充滿挑戰和陷阱，而且一個不小心就會出錯。

陷阱一：把創辦人故事和價值故事搞混

我們得先把一些事情搞清楚。繼續深入探討之前，你必須先分清楚什麼是什麼。創辦人故事不是價值故事，創辦人故事的重點是「創辦人」。這個故事在某些部分可能會跟其他故事重疊——傳達某個產品或服務的價值。但如果故事只描述產品，這就成了價值故事。身為創辦人，當然可以講述價值故事，但你得記住，這兩個故事不是同一個東西。你在描述產品的時候，推銷的就是產品，而不是你自己；你在訴說創辦人故事的時候，當務之急是推銷自己。

陷阱二：當你說膩了你的創辦人故事

最近這幾年，無論哪個夜晚，你只要走在紐約市的西四十六街附近，就會見識到何謂集體歇斯底里。你如果熟悉紐約市，就知道西四十六街是時代廣場所在，無論晝夜都川流不息，但是西四十六街很特別。

理查羅傑斯劇院就坐落於此。你如果想看音樂劇《漢密爾頓》，就是來理查羅傑斯劇院。

這條路上真的很混亂，排隊人潮包圍這棟建築，焦急地等著走進劇院，希望花了五百多美元在StubHub上買的票不是假的。劇院裡更混亂，用「亂中有序」這種成語來形容恐怕略嫌保守，但似乎就是沒人介意廁所門口排了上百人，而且裝在塑膠杯裡的氣泡酒竟然要價十八美元。

一千三百一十九人開心地紛紛就座，座位空間比廉航還小，但現場瀰漫著興奮情緒，大夥準備迎接畢生難得的體驗。

演員們這時候在後臺做準備。我承認，我從沒見過百老匯舞臺劇的後臺，但我敢打賭，後臺那些人絕對沒觀眾那麼神經兮兮。你想想，這些演員每週有六天都會來位於西四十六街這家劇院，有時候甚至一天演兩場。他們穿上同一套戲服，唱出旋律和歌詞未曾改變的歌曲。每一場演出，他們都在同個時間點走到同個位置上。

我不知道你怎麼想，但我有時候會有點焦慮：成年人日復一日做同樣的事，生活一成不變。想像一下，如果這就是你的工作！遲早會覺得快發瘋吧？你遲早會開始懷疑這一切有什麼意義吧？你遲早會開始渴望唱不一樣的歌、說不一樣的故事吧？

你的創辦人故事其實很像舞臺劇。隨著時日經過，你遲早會唱膩、說膩同一個故事。正因為你不受演員工會約束，不說話也不會影響其他角色，所以你會開始想做些改變。你不想再說故事，而是改說令人興奮的最新發展或統計數字。什麼都好，只要夠新鮮！什麼都好，總之別再叫你唱已經唱膩的老調。

當你動了這種念頭的時候，想想百老匯這些演員。臺詞雖然永遠不變，但他們明白自己不是戲劇的重點，演出不是為了自己。這些演員每晚上臺，是向理查羅傑斯劇院一千三百一十九名新觀眾說同一個故事，這些觀眾雀躍地等待初次體驗《漢密爾頓》。

正如百老匯演員，也像只能拿已有兩千七百年歷史的聖經講道的牧師，你一定偶爾會說膩自己的故事。這種心情出現的時候，你得把注意力從自己身上轉移到他人身上。

沒錯，你的故事的重點也許是你自己，但「說」故事的重點不是你自己。你也許聽膩了自己的故事，但對初次耳聞的聽眾來說，這個故事就像事情發生的那天一樣新奇，他們必定洗耳恭聽。

陷阱三：因為不是創辦人，所以你覺得沒資格說創辦人故事

我知道這個章節著重於公司創辦人、創業家、讓一門生意誕生的人物，但我可不能忽略「你不是創辦人」這個可能性。你也許是忠誠的團隊成員，為公司理念而打拚的高層員工，公司雖然不是你創立的，但你依然與創辦人故事息息相關，而且你明白說出這個故事的重要性。

如果你是這種人，那我要告訴你，**任何人都有資格說出創辦人故事**，而且我希望每個人都說！就算你不是創辦人，就算你只是三三〇四號員工，只要你知道創辦人故事，我就准許你（好啦，算我求你）把這個故事說出來。訣竅在於，故事沒變，只是你融入故事的方式稍微改變。

你的開場白不再是「我永遠忘不了成立這家公司的那天」（這種開場白其實滿遜的，但我們暫時不追究），而是改成「我永遠記得那天，我第一次聽說這家公司如何誕生」，接著大略描述在什麼情況下聽過這個故事。你接受面試的時候？還是提前在網路上看過？

接下來，你對聽眾說：「根據我聽說的，這個故事一開始是……」這個創辦人故事平時是怎麼說的，你就怎麼說，只是把第一人稱（我這樣覺得，我那麼做），改成第

三人稱（他這樣覺得，她那麼做）。

說完創辦人故事後，再用一、兩句你自己的經驗來做總結，像是：「我聽完這個故事，就知道〔插入帶有啟發意味的重大發現〕，希望你也有同感。」大功告成！越多人說出創辦人故事越好。千萬別因為不是創辦人就不願描述公司如何誕生。

陷阱四：不願說故事的創辦人阻止你說出創辦人故事

我在一場大會演講結束後，收到一位女士寄給我的電子郵件。她當時在一家公司的行銷部門工作，該公司擁有很精采的創辦人故事，她也很想說出來。

問題在於，創辦人不許她說。

如果你覺得這種狀況聽來耳熟，那我現在就告訴你，我能體會你的痛苦。

你不是創辦人，但你知道創辦人故事很精采，光是這點就可能帶來一些挑戰。但不同於剛剛提到的，你現在的問題不是判斷如何說這個故事，而是根本不能說。

這種問題其實不算罕見。創辦人，尤其生於X世代以前的那些，常常不願分享自己的故事。理由可能是，他們相信「企業主描述如何成立公司」這類故事是老掉牙的自我吹噓（是沒錯，創辦人故事如果說得不好，確實可能顯得僵硬、空洞甚至肉麻），因此堅稱故事的重點不該是他們自己，而是「員工、公司和顧客」。

寫下最後這句的時候，我整張臉皺成一團。

如果創辦人拿這類理由叫你別把他們的故事說出去，那你無論如何都不能答應。因為，這些理由雖然看似高貴，但根本沒意義。

首先，你如果遵守本書列出的架構，在故事中納入四大環節（真實情感、希望與失望，還有你目前學到的一切），故事不僅不會讓人覺得自我吹捧，反而親切近人。人都想跟「人」做生意，而創辦人故事能讓他們想起：對啊，在網站、行銷和證券交易所的現貨價格後面，有個真實存在的「人」開創了這一切。

你可能會需要花些時間說服創辦人，可能必須多試幾次，付出龐大努力，才能說服創辦人放下平時那套「我們以卓越與誠信為本」，但我還是鼓勵你再接再厲，繼續尋找能在故事中擔任「爆炸性發展」的時刻。你找到之後，用它們寫個故事。記住，聽在自己耳裡，我們的故事聽起來都不像故事，而只是人生。聽在你的創辦人耳裡，創辦人故事也不像故事。必須等聽見你說出這個故事後，創辦人才會意識到故事裡真的有很感人的東西。

我必須告訴你，這就是說故事給人聽的最大榮譽之一。你把當事人的故事說給當事人聽的時候，對方才意識到這個故事有多感人。

創辦人故事的四大環節

不管你的目的是募集資金、吸引更多客戶，還是招募夢寐以求的人才，說故事就是解決方案。

但不是什麼故事都行得通，必須是創辦人故事。

幸好，只要你納入了必要的敘事環節，故事通常就能自然成形。我們來看看四大環節如何運用於創辦人故事。

鮮明角色：就是創辦人自己

你大概猜到了，創辦人故事的中心人物就是創辦人。這種故事的方向和用意，就是闡述某個創業家是最稱職的船長，最能指揮一艘載運某個點子的船隻。所以，在鮮明角色這個環節，創辦人當然是首選。只有把創辦人放在故事中心，聽眾才能認識你，相信你，為你加油。

看起來簡單明瞭。

但大部分的創辦人故事就是在這裡出錯。幾年前，有個創辦人找上我們的團隊，很想說出關於他公司的故事。從故事面來看，這家公司可謂面面俱到：他們對工作充滿熱忱，致力於提供一流產品與服務，偏偏對手就是有辦法靠較差的產品拿下更多銷售額和聲望。

出於許多理由，我們對這個案子興致勃勃，尤其因為我們認為，只要透過一個精采的創辦人故事，就能讓這家公司聲名大噪。該公司處於一個高度飽和的市場，每家公司的宣言都大同小異，所以只要運用一個說得好的創辦人故事，遲早能大幅提高該品牌的知名度。

很不幸的，這個故事沒能圓滿收場。

經過幾星期的訪談、擬稿和修改，我們陷入僵局。問題是什麼？因為創辦人不希望這個故事提到任何人。

這個故事的初稿是經典的創辦人故事，鮮明角色包含創辦人在內，這本來就很合理。但他拒絕了這個版本，他不希望故事以他為中心。我們為了以巧妙方式避開這個路障，在第二個版本中著重於另一個角色，用其他環節來發揮創辦人故事能贏得人心的效果。但他也拒絕了這個版本，追根究柢，他根本不希望故事提到任何人，而是希望專注於「追求卓越」與「更好的配方」。你大概也猜到了，他的競爭對手用的也是同樣的關鍵字。

創辦人故事最大的優點在於，裡頭已經預設了一個鮮明角色。不管是投資者、客戶還是潛在人才，人想打交道的對象是「人」，而不是沒有臉孔的公司。既然故事裡已經有創辦人的角色，等於達成了雙贏局面。

不幸的是，我的團隊和該公司在這方面無法達成共識，所以後來雙方決定放棄合作。我很想讓你知道這家公司叫什麼名字，但說了也沒意義，因為你鐵定沒聽說過。

真實情感：只有真實的情感才能展現「人」味

我們透過研究發現，加入情感才能讓故事更親近人，更吸引人，更深植人心。如果只是以流水帳交代事發順序，根本無法以有意義的方式觸及聽眾。

為創辦人故事加入情感時，得先考慮目標聽眾在乎什麼、你希望他們聽完這個故事後有何感受或明白什麼。我給你幾個例子。

投資者最在乎的，是你能不能熬過創業初期的無數考驗和磨難、能不能克服萬難、你是不是草莓族、你有沒有嘗過挫折、你能否越挫越勇。你在準備一個以投資者為對象的故事時，應該加入一些自己體驗過的負面情感，像是沮喪、背叛和自我懷疑。他們需要知道你感受過這些情緒，並且克服了它們。

話雖如此，把創辦人故事說給投資者聽的時候，你必須確保故事引發的正面情感，像是決心、安心和自豪，足以中和負面情感。這些情感之間的強烈對比，才能造就出精采的創辦人故事。

顧客最在乎的，是你跟產品、服務之間的關聯，以及是否致力於為客戶開創更美好的人生。他們在乎的是你是「人」，商標和價格標籤後面有個活生生的人，這個人有夢想或解決方案。這種故事其實跟你說給投資者聽的版本沒多大差別，而且也該說說你在創業時熬過高點和低點的感受。

但微妙差異在於，你說故事給潛在客戶聽的時候，應該提到當初是什麼情感驅使你決定追求這個解決方案、你對什麼事感到沮喪、你當時面臨哪些問題。Airbnb的創辦人當年繳不出房租，所以想找解決方案來貼補家用。對許多透過Airbnb出租家中空位的客戶來說，無力支付帳單就是非常真實的恐懼，而創辦人故事的這部分，能讓想賺外快的客戶產生共鳴，他們才意識到家中的閒置空間能幫忙賺錢。

新進人才最在乎的，則是你對工作的熱忱。他們想要一個全心投入、懷有熱忱、深愛工作的創辦人。熱忱具有感染力。你對新成員訴說創辦人故事時，應該加入「愛」，就像父親看到自己的新生兒、女子遇見真命天子時，眼裡會出現的那種愛意，只不過劇情不是「男孩遇見女孩」，而是「創辦人創立公司」。

當然，這些情感都能共存。投資者和客戶會想知道你對自己的工作充滿熱忱，新進員工會想知道你曾面對挑戰而且挺了過來。無論聽者是誰，你的創辦人故事應該前後一致，應該完整交代你在創業過程中出現的所有情感，但如果你只想運用其中幾種、略過另外幾種，恐怕只有超級專家才做得到。

特定時刻：最容易被忽略卻最重要

創辦人故事中，特定時刻是最簡單也最常被忽略的環節。許多人疏忽了該聚焦於特定的時間和地點，而是通篇交代整個事件的流向。你如果想避開這個不必要的錯誤，建構故事時就必須加入特定時刻，像是第一次坐在辦公桌前看著網路送來的第一筆訂單，或把店門口的看板從「休息中」翻到「營業中」的那一面。你可以用以下開場白切入這一刻：「我永遠忘不了那一天……」「我永遠忘不了我第一次……」「我還記得當……」。就連事發時的日期、星期幾、天氣如何之類的枝微末節，也能滿足聽眾對特定時刻的需求。

具體細節：讓聽者產生共鳴

我們之前討論過，細節內容因聽者而異。你該做的，是依據你對目標聽眾的了解，在創辦人故事中加入不同細節，好讓他們自身的經驗跟你的經驗產生共鳴。多多利用聽者能理解的細節，例如，如果你的顧客是新手爸媽，就該加入新手爸媽能體會的具體細節；如果聽眾是新進員工，加入的具體細節就該提到你得以加入夢想團隊的感受。

追根究柢，想讓聽眾對創辦人故事產生親切感，關鍵在於呈現身為人的真實面。故事的重點不是數字，不是市場占有率，不是商標和社群媒體策略。**創立公司的故事，是關於人踏上道路，不管這條路是否由我們開闢、選擇或只是湊巧發現，人生的意義就在於尋路。**

最常被忘記的就是創辦人故事，而且你常常沒有第二次機會

創辦人故事的力量，在於能賦予你成立的公司「人性」，能讓聽者記得：在公司的建築、商標和帳戶餘額後面，有個開創這一切的「人」。無論你是不是創辦人、你老闆的創辦人故事是否精采，我都希望你能把這種故事選為預設開場白。說這個故事的時候，別用史實、數據和資料來起頭，而是這家公司背後的人物。

因為，如果不從這裡開始說起，就很可能再也沒機會談到這個話題。

有個例外：二〇一三年的拉斯維加斯，手工藝博覽會那位吹玻璃師。你還記得吧，那位先生跟我說他在哪年成立了公司、攤位上的玻璃碗真的是玻璃碗（我決定封他

為「廢話隊長」）。我正要離開時，他發現我是說故事專家，因而試著喊住我，因為他想說個很精采的故事。

我察覺到這當中有個後設敘事的機會，所以隔天又去找他。這一次，他對我說了故事。

他父母其實希望他當律師，雖沒明說卻總是巧妙施壓，要他追求法律方面的職業生涯，獲取金錢、聲望和安定生活，不過他向來知道自己擁有藝術魂，在創作、追尋藝術事物時最開心。但他不想讓父母失望（說到這的時候還聳肩，他知道這種劇情很老哽），所以還是上了法學院，畢業後在鎮上一家事務所找了份工作，表現得還不賴，嚴格來說是非常優秀。他很擅長這一行，卻恨死這份工作：時數漫長，毫無喜悅。他痛恨每分每秒。

為了中和這種痛苦，他開始犯罪。

他面露微笑，讓我消化最後這句。我也知道我們不該以貌取人，但這個語氣溫和、一頭灰白鬈髮、戴著眼鏡、笑臉迎人的中年男子，看起來實在不像職業罪犯。

他選擇的犯罪活動是：偷人家不要的廢玻璃。

他每晚下班回家的路上，會經過一家玻璃工廠。他每天都工作到很晚，深夜才回家，所以這家玻璃工廠已經打烊，而且大型垃圾桶無人看管。因此，他每晚會在這裡逗留，從垃圾堆裡挖出人家丟棄的玻璃帶回家，放在車庫裡，一直研究到天亮，摸索如何做出此刻放在攤位上的成品。

「我現在就是做這一行。」他環視周圍，臉上出現微妙表情，就像慈父以自豪又滿足的眼神向人們介紹自己的孩子。我不確定他父親有沒有用這種目光看過他，但這種眼神讓我的疑問變得不再重要。

「謝謝你，」我說，「謝謝你跟我分享這個故事。」

「謝謝妳回來聆聽。我原本差點忘了這個故事。」

我們最常忘記說出來的，就是創辦人故事，因為跟創業的其他戲碼相比，這種故事很容易被擱在一邊。商業故事聽起來常常不像故事，而只是像創業人生的一部分，但如果遺漏了創辦人故事，其實等於放棄了一個很重要的機會，這個機會能讓你和投資者打好關係，能讓你跟其他競爭對手有所區分，而且能為日漸茁壯的團隊吸引到人才。這位吹玻璃師請我回來聽他的故事，我照做了，但這是特例，常例是：說故事的機會通常一去不返。

包括 Airbnb 在內，成功的創辦人通常會變成不只是成功的創辦人。生意持續成長茁壯，獲得更多客戶，也擁有更多員工。在車庫裡忙活的兩個大男孩，後來成了科技業巨人；擺在地板上的三張氣墊床，後來成了世界各地數以萬計的床鋪；原本難以預料如何發展的小生意，後來成為大型企業組織。

這種事發生的時候，創辦人也跟著改變。沒錯，他們永遠是創辦人，但如今也有了另一個身分：領導者。

就像那句老話：從這裡開始，就是另一個故事了。

第六章

使命故事

偉大領導者如何透過故事來凝聚並激勵人心

領導者的軍械庫中，最強大的武器就是故事。

——霍華德．加德納，哈佛大學教授

當時是二〇〇八年七月。

兩百多名來自世界各地的推銷員，在某家飯店的舞廳裡齊聚一堂，學習新產品和新的推銷觀點，並慶祝大夥的成功。這向來是每年最精采的活動：盛大派對，伴隨無數歡呼、打氣和讚美。這次的活動應該也一樣，只不過……

你把這段的第一句再看一次。

當時是二〇〇八年七月。

每個混銷售界的，尤其那些完全靠佣金過活的（好吧，也就是每個銷售員），都會告訴你二〇〇八年可不是值得慶祝的一年。需要精神安慰的一年？這倒是。裁員的一年？當然。至於是不是值得慶祝的一年？讓我問你，你覺得在喪禮上適不適合歡呼？這樣你懂了吧。當時是二〇〇八年。

雖然對每個人來說，二〇〇八年都令人痛苦，但某個高階主管心情更是格外複雜。你已經聽說過這個年輕人，他就是我老公麥克。從二〇〇二年開始，他就是所屬公司的財務專家。他和一般的財務人員一樣孜孜不倦，確保公司的會計紀錄毫無差錯，現金流穩固；他也是老闆們的策略夥伴，一起試著在有些混亂的金融界中尋找方向。麥克很擅長這份工作，好到老闆們決定給他一個更靠近前線的職位。何必繼續把他這個祕密武器當成祕密？

二〇〇七年結束，新的一年到來，麥克升職了，正式的升遷慶祝會定於二〇〇八年七月舉行，也就是每年這時候的銷售大會。他將有三十分鐘介紹自己是新的領導層人員，並發表類似國情咨文的演講。

對老闆們來說，這個機會能讓新的領導幹部激起水花，振奮銷售團隊的士氣，為新的一年努力。

但對麥克來說，這個活動就像危機四伏的地雷區。

景氣如果很好，這種演講就不困難，大夥的壓力小，而且士氣高昂。如果你掌舵的組織，正在經濟成長期中蒸蒸日上，那可以拿著擴音器高喊：「我真的好興奮能站在這！你們最棒了！你們去年表現得無懈可擊，我們今年要比去年再狠一倍！」基本上，邊放幻燈片邊演講的時候，只要高舉兩隻拳頭，跟別人擊掌，下臺後走進如雷掌聲。

但在這個案例中，市場陷入蕭條，天塌了下來，麥克演說的對象就算不是沉船上的水手，也絕對是充滿敵意的焦躁群眾。他如果在演說時高舉拳頭，大概不會獲得任何掌聲，而是慘遭圍毆。

麥克畢竟精通數字，比誰都清楚公司正面臨什麼挑戰。他已經做了判斷：發表「衝衝衝」之類的闊論不僅聽來空洞，而且弊大於利。公司面臨重大危機時，他需要在更深的層面上觸及忐忑不安、心存懷疑的人群。

他們需要的不是國情咨文般的演講，也不是加油打氣那一套，而是故事。辛酸但真實的故事。

這個故事必須讓大夥願意留在公司，繼續努力，拒絕放棄，就算種種跡象都顯示現在是跳船求生的時候。

麥克需要的是使命故事。

凝聚組織的使命故事

簡單總結：有四種關鍵故事能促使生意成功。目前為止，我們探討過價值故事，描述你的產品或服務如何影響使用者。第二種是創辦人故事，用來提高投資者對公司創辦人的信心。這兩種故事幾乎總是最先被說出來，畢竟生意中最先出現這兩個環節。創業路上的頭兩站，當然就是創辦人，以及創辦人想獻給世界的某種價值。

但隨著生意持續發展，某件事也必定發生：新成員出現。不管是職員、承包商、臨時工，還是自由工作者，都會逐漸填補公司的陣容空缺。對公司的成長來說，這些新人扮演關鍵角色。公司發展到一定規模，如果還想成長下去，就需要更多人員。但也造成一個問題：這些新人不是創辦人，擁有的能力不一，背後的動機不一，而且他們常常搞不清楚這家公司究竟是做什麼、為何成立。

面對著規模宛如小型軍隊的人員，如何凝聚並激勵他們，就成了一項沉重但關鍵的工作，而明智的領導者會懂得利用說故事。使命故事的功能，是讓組織成員有理由每天繼續上班，持續投入、合作、一同達成目標。

只要是人就會追求使命

還記得保羅・扎克嗎？這位催產素專家教過我們「信賴」和「互惠」的重要性。他做出觀察：「我們發現，跟『交易使命』（transactional purpose；如何販賣商品和服務）相比，組織的『超凡使命』（transcendent purpose；如何改善人們的生活）更能激勵成員。」

超凡使命對抗交易使命。**到頭來，你的組織成員雖然對你賣的東西感興趣，但他們更感興趣的是「為什麼」**。這就是使命故事的核心問題，以及領導者能如何協助團隊成員跨越鴻溝。

許多研究結果都支持這個概念。一家公司如果把明確的使命看得比獲利更重要，而且說到做到，那麼隨著時日經過，公司獲利也會越來越高。雖然這個道理看似違反直覺，但如果一家公司缺乏使命，這個空缺就會被「獲利」填補。

湯姆鞋（Toms shoes）、龐巴斯襪子（Bombas socks），還有瓦爾比派克眼鏡，都奉行「買一捐一」：消費者每買一件商品，商家就捐一件給需要的弱勢族群。如果賣襪子、賣鞋子和賣眼鏡的公司，都能一次挽救一雙腳、一雙眼珠地慢慢拯救全世界，表示這些公司及其職員是什麼樣的水準？

我們的人生真的、真的很需要知道「為什麼」。

我們對使命的需求恐怕是與生俱來。身為人類，我們擁有一種幾乎無法逃避的習性：賦予事物「意義」。從演化角度來看，人類的「目標導向」和「使命驅動」都是優勢。舉例來說，選擇「隨處亂走」或「狩獵採集」，將帶來完全不同的結果。這兩種活動都牽涉到走路，但「隨處亂走」只會讓你餓死。

我們的本能就是想要使命，想讓事物擁有意義。這不僅是為什麼故事很重要，也是為什麼使命在工作上是關鍵。如果意義不存在，我們就會主動賦予事物意義。我們在工作上也一樣，**是「人」就會想要「使命」。如果你不給他們使命，他們就會自己編一個出來。如果不率先說出你的故事，別人可能會幫你說出來，而你到時候未必會喜歡人家的版本。**

最多功能的使命故事

使命故事登場。這是四大故事中最多功能的一個，能跨越公司內部所有類型的鴻溝。從核心上來說，**使命故事的重點是凝聚並激勵人心**。一個組織變得越龐大，凝聚並激勵人心就變得越重要。這兩者在一起就能創造出使命感，而你兩者都需要，一個都不能少，方能促進成果。幸好，使命故事能透過不同方式和原因來凝聚人心。

在目標或計畫上凝聚人心

學者長期研究了說故事的效果，探討人們如何透過說故事，來建立並整理自己對這個世界的理解。最近一個研究方向，是探索說故事對團隊內部造成的影響，尤其對團隊的心智模型，以及成員如何理解重要資訊。人心的凝聚度越高，就意味著團隊處理事情的過程和表現都會更好。簡而言之，研究人員想判斷，如果在準備過程中加入故事，團隊是否會運作得更好、更團結地解決問題，並以更有效的方式合作。

為了檢驗這項假設和其他假說，研究人員把受試者分成三人一組，然後讓所有小組參與一系列線上模擬，每個成員分配到一個角色，可能是警員、消防員或災害現場搶救員。在災害模擬中，受試者的任務是「處理在校園施放的某種透過空氣傳播的化學物質」。團隊成員必須有效並迅速合作來解決問題。

為了評估說故事的效果，半數的小組觀看了一支教學影片，片中的故事描述一間化學實驗室發生災害，因為救援團隊的成員未能協調合作，有學生身受重傷。對照組觀看的影片，則只講述合作與掌握時機的重要性，並沒有透過故事來傳達訊息的重要性。

研究人員發現，跟透過非故事形式收到同一個訊息的小組相比，看了故事的小組在解決問題方面的觀點更一致，而且在確保所有成員取得共識這方面，說故事是比對照組更有效的辦法。

這項發現並不令人意外。為了團結群體、澄清目標並激勵成員，世人一直都在運用說故事這種手段，應用範圍包含商業和非商業的各種目標和計畫。

二〇一八年，美國「期中選舉」期間的某個週二晚上，我坐在旅館房間裡，吃了客房服務的餐點，然後坐在床上，好奇地在兩個分別為兩大政黨發聲的電視新聞臺之間切換。雖然兩家電視臺對選舉結果的評論，取決於自己的政治色彩，但有件事是一樣的：兩邊都多次提到，各候選人在競選期間說過什麼故事。兩邊都承認這些故事的力量，也承認如果不說故事會多麼不利。

當然，政界只是用故事來凝聚並激勵人心的領域之一。我想到某種畫面：一支球隊在中場休息時間回到更衣室，他們落後了幾分，教練為了激勵他們贏球而必須說出什麼樣的故事。我在GoFundMe網站上看過數以百計的募款案例，他們的故事就是為了激勵人們捐款，好讓夢想得以成真。此外，我還記得幫一家公司舉行工作坊，該公司的首要目標，是確保團隊成員遵守一項安全規則，而分享「違規引發重大災害」的故事，就促使了團隊遵守這條規則。

如果你出於任何原因必須團結一支隊伍，而且不知道該怎麼做，使命故事應該就是你正在尋找的橋梁。

在敏感話題上凝聚人心

我曾受邀在一家大型科技企業的全國銷售大會上演講。演說定於上午十點，但我提早前往會場，以便聆聽該公司高層主管們的發言。我在擁擠的會場找到空位，才剛坐下，就看到銷售部的副總裁上臺。他顯然深受尊敬，而且他用故事來為演說起頭。

他說長女即將高中畢業，他明顯感覺到能以父親姿態向女兒傳授智慧的日子即將告一段落，所以決定安排一場只有父女倆的特殊晚餐。聽他描述那晚如何發展時，眾人聽得哄堂大笑。他女兒選了城裡最貴的餐廳；下樓準備出發時，他逼她換衣服，因為她選的衣服對她挑的餐廳來說很不得體。在餐廳裡，她對麵包籃嗤之以鼻，而且幾乎沒碰自己點的食物，咕噥說怕到時候穿不下高中畢業舞會的禮服。

他沒發脾氣，只是繼續執行傳授智慧的計畫。「不過我有稍微做個調整，我決定不把所有的智慧傾囊相授，而是只傳授其中一項。」聽眾跟著他一起笑，能理解這個可憐老爸的不知所措。侍者才剛收走前菜，老爸就開始對女兒說出「注重細節」的重要性。「在所有層面上，」他說，「無論是學業、工讀計畫、友誼還是戀愛關係。」他看著她，她連裝得很感興趣都不願意，但他還是堅持下去。

「注重細節」的說教進行了二十分鐘後，女兒還是沒反應，他終於崩潰。「親愛的，」他說，「是我誤會了嗎，還是妳真的沒在聽我說話！」她冷眼瞪他。「我正在試著傳授……」他自我糾正，「我正在試著教妳明白細節有多麼、多麼重要！」他無法隱藏焦躁反應，「但我覺得妳根本不在乎！」

他沉默片刻。

她看著他。

他對她挑眉。「妳好歹吭聲吧。」

她翻白眼。「爸，我實在很難把你這番話當一回事。你說注重細節很重要，可是你兩隻腳上的襪子根本不一樣。」她停頓幾秒，「只是跟你說一聲。」

現場沉默下來，所有聽眾都感受到從正氣凜然的高椅上摔下來有多痛。這位副總裁面帶靦腆笑容，坦承女兒說得沒錯，而且更重要的是，這家公司也犯了言行不一的過錯。「我知道，我們有時候會覺得公司似乎從中分裂，高層和你們這些勤奮的銷售代表之間似乎就是有代溝，好像我們在總部常常收到不一致的訊息。我們向你們宣揚『與既有客戶加深關係』的重要性，但你們只有在簽到新客戶的時候才獲得獎勵。」就算會場的燈光不算強烈，我還是清楚看到銷售代表們交換視線。

「我想為此道歉。」他說，「而為了保證這點，我們以後會更加言行一致，我們怎麼說就會怎麼做。

「至於我女兒，」他微笑道，「我猜她在大學應該會混得很好，不管她有沒有學到我的智慧。」

我真不敢相信，他這個使命故事說得再完美不過——不會太戲劇化，完全能讓人體會，並完美陳述出重點。沒錯，他原本可以在講臺上大談公司計畫，高嚷「我們要更常聆聽前線人員的心聲」，但就跟本章一開始提到麥克的故事一樣，這種言論聽起來太空洞也太陳腐。

相反的，這位高階主管選擇用故事來包裝一場原本令人尷尬的談話。他描述自己在另一個場合意識到走錯路，而聽眾就更願意聆聽他整個訊息。

透過你真正在乎的事物來凝聚人心

索迪斯集團熱愛美食。

這個餐飲業巨人的烹飪部門希望你知道這點。嗯，沒錯，他們是希望你知道這點，但更想讓所有現有客戶和潛在客戶知道。無論是企業大樓、醫院、觀光勝地還是哪個地點的索迪斯廚房，該集團在招募更多廚師的時候，都希望讓新進員工知道，集團本身也分享他們對食物的愛與熱忱。

當然，光是嘴上說「我們對食物充滿熱忱」或「我們熱愛美食」並不夠。索迪斯集團想讓人們感受到這份愛，想感動人心，在談到食物時清楚表明集團在乎的不只是損益表上的數字，而是真的深愛美食。

他們要如何傳達驅動企業的這項使命？

你大概已經猜到了，答案就是說個使命故事。

我們是在二〇一六年的故事工作坊想出這個故事，故事後來經過發展和編稿，在隔年由西雅圖的 Little Films 電影公司拍成短片。

在那個工作坊中，我們把一百名參加者分成較小的團隊，請他們找出並設計一個故事，來表達他們認為廚藝團隊的使命是什麼。其中一個團隊負責處理「對食物的愛」這個概念，大夥考慮過各種點子後，一名擔任廚師的男子說出自己的故事。

他還記得八歲時住在印度新德里的日子，房子裡擠滿家人，包括他的父母、叔叔阿姨和一大堆堂親表親。大夥走來走去，屋裡吵雜混亂，卻也充滿喜悅。大家每晚都同桌吃飯，並分享自己一天的經歷、不同的菜餚，連同各自的夢想。

他現在回想起來，覺得這些經驗和家人一起分享的餐點，可能就是為什麼他成為了廚師，但卻不是我們以為的那個原因。

他十三歲那年，大夥紛紛搬走，用餐時間、故事……一切為之改變。在之後的幾年，他一直很想學會昔日那些食譜，很想做出小時候在那張餐桌旁享用過的菜餚。他雖然複製出那些食物，但嘗起來就是不一樣。

他現在才明白為什麼。

在今天的工作坊，他暫時把注意力從工作上移開，看到一幅熟悉的畫面：這麼多人走來走去，但每個人都駐足片刻，品嘗他的食物；廚師們談笑風生、忙於料理……這幅吵雜混亂的景象洋溢喜悅。突然間，他彷彿回到新德里，回到那張餐桌旁，正在和家人共進晚餐。

然後他明白了為何自己多次嘗試，卻總是無法單靠食譜複製出那些回憶。

因為食物不只是食材。對食物的愛源自大夥共處的時光，源自人們分享故事與夢想。他原以為廚師的使命就是做出食物，但今天才明白，廚師的使命是創造出一種體驗，而索迪斯集團讓他能天天進行這種創作。

名叫拉杰的這名廚師，在大夥面前分享這個故事的時候，現場包括我在內，沒有一個人不掉淚。雖然工作坊是正面又樂觀的氣氛，但他說出故事後，氣氛明顯改變，瀰漫一種更深層的自豪，大家的努力被賦予了更大的意義。

沒錯，他們在理性上已經知道索迪斯集團熱愛美食，但在聽了這位廚師的故事後，才「感受到」這句話是什麼意思，並與之產生情感、賦予力量。工作坊結束後，我收到許多來自與會者的讚賞之詞，但我知道這場活動令人滿足並充滿使命感，是因為拉杰和其他人分享的諸多故事，絕非我安排的六小時內容。

使命故事有能力團結整個隊伍，並喚醒成員對工作懷有的深層意義。

能否傳達特定訊息，是使命故事成功的關鍵

想把使命故事說得成功，有個東西比什麼都重要，遠高於所有環節和你加入的細節。**使命故事的成功，取決於是否強而有力地傳達了特定訊息**。使命故事倚賴兩個層面，首先是訊息本身夠不夠明確，再來是故事有沒有清楚傳達這個訊息。

換言之，所有使命故事都是從這個基本問題開始發想：我想傳達什麼重點？換句話說，我希望聽眾在聽了這個故事後會如何思考、感受、認知或行動？

從這個基本疑問導出的答案，就是為你引路的北極星，它會協助你決定該發展哪個故事，該留下或刪除某個故事的哪些部分，以配合演說的長度和重點。

還記得在第二章提到的馬里科帕醫療中心嗎？該醫院的基金會透過感人的真實故事來鼓勵人們捐款。其實在捐款開始前，晚餐還沒上桌的時候，新任執行長發表了一場演說，原本應該說明醫院目前的狀況，但他是新任執行長，所率領的組織正面臨動盪不安，所以演講必須發揮更大的效果，他必須說出使命故事。這是他唯一的機會，最重要的利害關係人都在現場，他必須用真實又感人的方式說明為何每個人都該保持信心……沒錯，不只繼續相信他，而且繼續相信這整個機構。

他想傳達的重點是什麼？他們都該以這家醫院的身分和使命為榮：為弱勢族群提供高品質的醫療服務，苦民所苦。

我們為這個訊息定下方向後，開始處理其他步驟，找到完美的故事來呼喚與會人士的使命感。那晚的籌款活動揭幕時，執行長不是以統計數字作為開場白，而是說了故事。

這個故事描述他在接下執行長一職不久後遇到的事情。為了透過發行債券來取得迫切需要的資金，市政廳舉行了一場討論會，地點在一棟社區建築的多功能會議室，金屬摺疊椅排排擺放，後側的桌上放著瓶裝水，還有從店裡買來的現成餅乾。執行長記得當時看著人們魚貫入場就座，然後主持人歡迎大家出席。執行長準備上臺時，眼角注意到有個男子走進會場。

儘管相隔一些距離，執行長還是看得出對方身無分文，很可能是流浪漢。執行長不確定這人是有意出席這場會議，還是看到這裡聚集了人群而跑來湊熱鬧。總之，男子走到會場前側，在講臺的一小段距離外停步。

如果換作其他場合，換作其他公眾論壇，一定會有工作人員走向這名衣衫不整的男子，輕輕說聲「這個場合不太適合你」，然後護送對方離去；其他人會在椅子上不自在地挪動身子，希望這個人離去時不會鬧事。

但這場活動不是那種論壇。

沒錯，是有幾個人站起身，快步走向男子，卻不是為了趕人家出去。其中一人給他送上一瓶水，另一人為他拉來摺疊椅，第三人為他送上用紙巾盛放的幾塊餅乾。

執行長說到這邊時，刻意停頓幾秒，讓聽眾想像那幅畫面，現場的潛在捐款者連呼吸都沒有聲音。執行長繼續說下去，提到醫院最近獲得什麼盛讚，也稍微提到聽眾在這種場合會期望聽見的資訊。但沒多久，執行長又回到那名邋遢男子的故事上。

「我想起那晚的論壇。那名男子被世上其他人趕來趕去，但你們不一樣，我們這個馬里科帕社群的各位，你們給了他片刻的尊嚴，哪怕只是一瓶水、幾塊餅乾。你們就是在這種時刻樹立了榜樣。多虧你們，第一年的成果才會這麼美好。能與各位共事，我每天都深感謙卑與榮幸。」

就這樣。

他走下講臺，聽眾發出如雷掌聲，我相信這群人當時一定搞不太懂究竟發生了什麼事。司儀謝過他，然後邀請聽眾享用晚餐，「連同放在每個桌位上的特製餅乾」。

新任執行長說了一個清楚傳達訊息的故事，因而團結了一群原本抱持懷疑態度的利害關係人，並喚醒了這個群體的使命感。

警語：別為了說故事而說故事

使命故事的成功也有麻煩的一面：你想傳達的訊息、想傳達的重點，以及你最後說出口的故事之間，在契合度方面幾乎不能犯任何錯。

本質上，使命故事的主角（本章的環節詳解會進一步解說）通常就是說故事的人。這點當然合情合理，但正因如此，也因為你在公司裡必定處於領導層才有機會說出使命故事（看出蹊蹺沒有？），如果你的故事沒能完美傳達你的訊息，如果你的故事讓聽眾覺得「這個故事究竟有什麼重點？」，那就犯下了說故事最嚴重的罪行：純粹為了說故事而說故事。你如果沒盡力確保故事符合你的訊息，就可能造成極為嚴重的後果。你沒能成為激勵人心的領導者，反而可能被人貼上「傲慢領袖」的標籤。

當然，討厭你的人不管你做什麼都會討厭你，但如果多花點心力，確保團隊聽完你的故事後將更了解實際的計畫、任務或目標，就能省下大把煩惱。

將使命故事引出洞穴的小撇步

聽起來很簡單，不是嗎？弄清楚你究竟想傳達什麼訊息，找個匹配的故事。能有多難？但你如果試過，就會發現這比看上去困難許多。如果你以前試過說使命故事卻沒能成功，因為只有訊息但找不到適合的故事，也別灰心。雖然人生沒有捷徑，天下沒有白吃的午餐，但有個很簡單的辦法，能讓你找到你的使命故事，引誘它走出它喜歡躲藏的洞穴。

確認想傳達什麼訊息後，接下來的步驟是問自己：我是在什麼時候學到這個教訓？什麼時候發現這個真相？

我們把鏡頭移回那家科技企業的銷售副總裁身上，他想傳達的訊息是「有時候公司企業喜歡說一套、做一套」，他問自己：「我是在什麼時候學到這個教訓？」結果想到跟女兒共進晚餐的故事。馬里科帕醫院執行長想傳達的訊息，是喚醒利害關係人心中「我來參加這場晚會的用意究竟是什麼」這份自豪，然後他問自己：「我是在什麼時候看過我們的使命付諸行動？」結果想起那名流浪漢受到的尊重對待。

本章開頭提到的麥克，這個年輕人在全國金融危機期間當上銷售主管，他想傳達的訊息是「我知道局勢困難，但你如果放棄，一定會後悔莫及」。

他是在什麼時候學到這個教訓？答案是他身為水球校隊的大四那年。

輪到麥克上臺演講時，他雖然做好準備，但還是忐忑不安。他知道自己接下來的演講必定令聽眾意外，尤其因為這是銷售大會，再加上大家都知道他原本是財務專家。司儀介紹完他，他緊張兮兮地上臺。上一次演講是高中英文課的時候，而這篇演講是從他高中的故事開始。

他高一那年，開學沒多久的某一天走過校園時，有個老師從中庭另一頭喊住他，那人是水球隊的教練。麥克意識到教練在對他說話。「喂，」教練開口，「你爸有多高？」

「呃，好像超過一八〇。」麥克像一般高中生那樣咕噥。

「你得加入水球隊。」教練說。

麥克以謙卑又驚訝的語氣說明，自己如何加入當時從沒試過、而且所知甚少的運動。他描述那名教練為了說服他加入，還帶他去看了一場洛杉磯加大對抗史丹佛大學的水球冠軍賽。

麥克回想當時坐在冰涼的金屬看臺上，以欽佩目光看著池中的選手，當場就做出決定：他不只要打水球，而且遲早要打進冠軍賽。

當然，他才高一，想打進大學冠軍賽再怎樣也得等上幾年，意思就是時間站在他這邊。他開始克服一些礙事的細節，像是不知道什麼叫做「打蛋器」（不是烤蛋糕的工具，而是如何擺動四肢來浮於水中），而且他其實有點討厭Speedo泳褲。但麥克不願讓這種小事阻止他，於是開始投入心力。

從那天起，麥克總是第一個進泳池，最後一個出來。他熬過了「地獄週」和一天訓練兩次的日子，還跑去健身房舉重。他也訓練了自己的精神韌性；他自認是急性子，所以努力控制脾氣，把情緒引導成更犀利的表現。

他花了很多時間和努力，終究獲得成果。

麥克在高二那年成了校隊隊長，他這輩子第一個真正的領導職。他在高三那年被洛杉磯加大選進校隊，一切都按計畫進行。

說到這裡時，麥克停頓片刻，不是為了營造氣氛，而是因為他進了大學後才有所領悟。他吸口氣，接著道：「我進了大學後，事情發生變化。球賽的難度變得更高，選手們體格更魁梧，球技也更精湛。我必須更努力，必須增加體重，練出更多肌肉，一切都必須更多也更好。」

一開始，他必須怎麼做就怎麼做，但後來逐漸鬆懈。他不再是第一個進泳池、最後一個出來。他的注意力和責任感開始動搖。他早就知道大學球賽會很辛苦，他也不怕吃苦，但現在的辛苦程度有點超出預期。

有一天，教練把他叫去訓話：「聽著，我有其他人選，他們比你年輕，動作比你快，而且比你更在乎輸贏。你要嘛更爭氣點，要嘛就退出校隊。」

麥克當時是大四生，他覺得受夠了，所以離開了校隊。

「現在回想起來，」麥克向全神貫注的聽眾說明，「我意識到大學那些日子有點像現在的經濟衰退，這是生命潮起潮落的一部分。但當時的我缺乏相關經驗、成熟度和觀察力，沒能意識到艱困期其實是能讓人超越現況、破浪而出的機會。」

在這一刻，現場安靜得能聽見細針落地。麥克走向講臺前側。

「我在十四歲那年，初次目睹了那場冠軍賽和那些球員，我當時發誓我遲早也要踏進冠軍賽的水池裡。」

他吸口氣。

「之後的七年間，我天天努力，讓自己變得更好，卻在七年後做了一個決定，我決定放棄。結果我發現我回到看臺上，坐在冰涼的金屬板凳上，看著我的校隊贏得了那年的全國冠軍賽。」

他微微搖頭。

聽眾不禁用力吞嚥口水。

麥克在大四那天學到的教訓，對一般人來說，算是任何日子都適合聽的勵志小語，但在二〇〇八年的那一天，正是在場的絕望銷售員需要的教訓。

麥克透過自己的故事，讓這些行銷人員知道他們正在面對類似的抉擇。他們可以選擇待在池子裡繼續努力、相信艱難時期其實就是破浪而出的機會，也可以選擇離開池子。

「我在看臺上觀看那場比賽，那是我這輩子最遺憾的決定。我知道現在的日子不好過，我知道池水太冰冷，練習太辛苦，而且獎勵似乎太遙遠，但這就是我們的冠軍賽。我拒絕放棄，直到我們獲勝。」

二〇〇八年七月那場演說，對麥克和公司來說都是轉捩點。聽眾的反應不是敵意或不感興趣，而是凝聚成擁有共同目標的盟軍。他的使命故事激勵了團隊，讓他們有理由在工作上拿出最好的一面，朝共同目標努力，熬過金融風暴，比以往更堅強更優秀，而且心中毫無遺憾。

使命故事的四大環節

確認你的訊息夠清晰，然後在自己的職業生涯和人生中搜尋一遍，利用之前說過的小撇步或自己的方法找出一個故事，確保它完美契合並支持你的訊息。接下來要做的，是加入能讓故事深植人心的四大環節。

鮮明角色：利用說故事者的細節讓人感同身受

在其他幾種必要故事中，主角有時候是客戶（例如價值故事），有時候是利害關係人代替創辦人說出創辦人故事；相較之下，使命故事中的鮮明角色幾乎必定是說故事者本人，像是學到某種教訓的領導者，或擁有相關經驗的某人。你雖然可以說關於別人的使命故事，但效果遠不如跟自己有關的使命故事。

這種故事既令人興奮，但也深具挑戰。

這令人興奮，因為故事選擇很多，就看你記得自己活了多少天，我是指字面上的意思，不是存在主義那種。既然你就是鮮明角色，表示人生的任何一刻都可能是使命故事，只要能為它配上適合的訊息。比方說，我最喜歡的使命故事之一，是聽某個演說者講述的故事，他當時試著藉此凝聚並激勵聽眾追尋使命。他的故事是他自己的經驗：他曾因為破產而不得不搬去女友家，辦公室是塞在床邊的一張小桌。某天晚上，女友回到家，他正在小桌前工作，把所有帳單和破產相關文件攤在床上。她不想打擾他，但當時夜已深，所以她走進房裡，悄悄鑽進他那些文件底下的被窩裡。他轉頭看著她睡在那些文件底下，心想：「這是她最後一次必須睡在我的沉重帳單底下。」這一刻成了驅使他永不放棄的燃料。

身為鮮明角色的你，在無限個使命故事的素材中挑選時，切記「能力越強，責任越大」，這是歷代所有蜘蛛人都知道的道理。因為，雖然主角通常就是領導者，但故事是為聽者而說。沒錯，麥克的水球故事的主角是他自己，但說出來是為了促使聽眾透過他的觀點來明白一些道理。的確，馬里科帕執行長說的故事是關於他第一次主持的論壇，但內容和描述方式都是為了讓聽眾想像自己身處那場會議，感受到在場的人體驗到的那份自豪。

在使命故事中有效運用鮮明角色，關鍵在於揭露關於自己的細節，很簡單的也行，像是你那天穿了什麼，或具體發現了什麼。但這麼做的時候，也要顧到聽眾。什麼樣的細節能讓他們感同身受？什麼樣的細節會讓他們覺得「沒錯，我也是那種人」？

真實情感：展露你的脆弱面

想讓鮮明角色（也就是身為領導者的你）的經驗融入聽眾的經驗，就必須透過情感。

使命故事能否有效，不在於多麼清楚說明事件的前後順序，而是完全取決於你有沒有能力和意願來分享你對事件的感受。這部分的情感並不需要很強烈；事實上，最常見的情感狀態是漠然。真正必須強烈的——越強烈越好——是你展露脆弱一面的意願，是你說出在日常工作中很少提到的個人往事的意願。

我沒寫錯，你也沒看錯，我說的就是脆弱面。我猜你聽說過這個道理：商業領導者有必要展露脆弱的一面。「脆弱面」固然不是商業界中最令人安心的關鍵字，畢竟沒人想自曝其短，但許多研究都發現，你如果在生意上展現自己的脆弱面，反而離成功更近一步。

布芮尼．布朗，研究脆弱面的知名學者暨作家，曾說過：「脆弱面就像創新和創意的心跳。沒有脆弱，就不可能會有創新。」我們都知道，商業成長最終還是需要創新和創意，但我們還是吝於自曝弱點。

我們不太願意在工作場合這麼做，其中一個原因是，人們大多相信這麼做會被當成弱者。布朗指出，人們有時候把「脆弱」當成「軟弱」，但事實正好相反。你經營事業有成，意味著你願意面對風險、批評甚至可能的失敗，而擴張生意、砸下重金其實都是冒險行為。

與員工的互動上，脆弱面也扮演重要角色。布朗的研究發現，社會聯繫的根源就是願意展露脆弱面。我們在工作場合自揭脆弱面的時候，就是以「人」的身分與彼此產生聯繫，強化了領導者和員工之間的信賴與忠誠，鼓勵人們分享想法，也提高忠誠度。

幸好，使命故事最適合讓人盡情傳達情感、展露脆弱面，你也不用覺得一定要在工作場合說故事。使命故事最具彈性的特點之一，是讓人有機會去公司外頭尋找故事以及自己的責任。你在公司活動營上感受到蛻變的一刻？這很適合拿來說故事。你和朋友決裂而學到重要教訓？這也是個好題材。在辦公室外頭尋找使命故事，不僅能獲得源源不絕的題材，也讓你的團隊成員有機會跟你這個「人」而非「企業人物」交心，這絕對是好事，除非你是毫無情感的機器人。

特定時刻：拉長成慢動作並放大特寫

和前面提過的兩種故事相同，使命故事如果含有特定時刻，就會變得更吸引人。辦法是加入聽者能想像的具體時間和地點，像是坐在看臺上觀看水球賽。

我發現**特定時刻通常就是爆炸性發展**，是當事人恍然大悟前的那瞬間，是常態（局勢像平時那樣發展）和事情突然改變的時刻之間的交叉點，而使命故事尤其如此。你在特定時刻學到教訓，取得新觀點，然後進入新常態。

特定時刻在現實生活中可能只花了半秒，但在故事中應該拉長成慢動作畫面。在這裡盡量放大特寫，而且花點時間詳細描述。

例如，我曾在某個度假村，為一群高級主管主持一場工作坊，研究各類型的故事，其中之一就是使命故事，主題是如何找到工作和生活之間的平衡點。一名女子分享了故事，描述她意識到錯過了多少跟孩子們共處的時間，但她不是只說「我意識到錯過了多少跟孩子們共處的時間」，而是熟練地加入了特定時刻，詳細描述領悟的那一刻：「我永遠不會忘記，當時握著方向盤，沿高速公路行駛，這趟長達一小時的通勤只開了一半，我突然意識到，這趟路奪走了太多能讓我和家人共處的時光。」她說完故事後，成員們分析這個故事的優點，都同意她在車上的那一刻非常鮮明，深深抓住他們的注意力。

具體細節：淡化說故事者與聽者之間的界線

領導者說出的使命故事能否成功，取決於能否讓人覺得：故事的重點雖然是領導者，卻也和聽眾息息相關。因此，你必須盡可能打造出所有聽眾都能接受的設定，像是大多數人都覺得熟悉的細節、情境和情感。前面提到的那位科技企業副總裁，他知道大多數的員工都領教過青春期子女；就算沒有孩子，自己也經歷過青春期而能夠體會。麥克說故事的時候，知道在場很多人正在考慮離職；事實上，他在演講的當下，許多同事已經站在要不要辭職的路口上。我在演講時曾把「彩虹小馬」的夢想城堡當成具體細節，因為我知道那群聽眾是在八〇、九〇年代長大，一定還記得這個珍貴的玩具。我也曾拿Mootsie Tootsie這個鞋子品牌當作具體細節，因為我知道那群聽眾大多是Y世代的女性。

在每個案例上，具體細節都成功淡化、最終消弭了鮮明角色（領導者）和聽眾之間的界線。**界線消失的那瞬間，你的使命就成了聽眾的使命**。

公司文化中的最後邊疆

二〇一〇年，埃默里大學一位心理學家想查明哪些因素造就出情緒健康的孩子，於是針對小學生做了一項實驗。問卷有二十個簡單的是非題，用於評估每個學生對家人的過去了解多少。

你知不知道你的祖輩在哪長大？

你知不知道你爸媽上哪所高中？

你知不知道你爸媽在哪認識？

你知不知道家人遭遇過什麼樣的疾病或劇變？

你知不知道你出生的故事？

調查結果令人意外：孩子越了解家人的過去，就會越覺得人生由自己掌控，自我價值感也就越高。事實證明，在判斷孩子的情緒健康和快樂度方面，「你知不知道……？」的這份量表是最有效的預測指標。

我帶領的團隊不禁好奇：這項發現是不是也能套用在大型組織上？團隊成員越是熟悉領導者和公司的故事，會不會越覺得跟這個組織關係密切？為了找出答案，我們進行了實測。

我們設計了一份調查問卷，發給全國一千名正職員工，年齡介於十八到六十五歲之間，以查明他們對公司的故事了解多少，並且有沒有對工作滿意度造成影響。該問卷提出的疑問包括：

你知不知道所屬公司的創辦緣由？

你知不知道所屬公司面對過什麼樣的挑戰和挫折？

調查結果發現，對這兩個疑問回答「知道」的受訪者，有四成以上更肯定「我們在公司做的工作對這個世界有貢獻」。

只要說個小故事，就能在「激發使命感」這方面引發長期效果，進而帶來長遠的成功。使命故事能幫助你的團隊明白，每個人付出的努力都有其重要性。一個在自家臥室裡寫程式、離你三個時區遠的同事，應該不會知道自己對你的目標來說是重要環節；同樣的，在辦公室裡離你三個隔間遠的同事大概也不會知道。他們大概都沒意識到彼此擁有同樣使命，同屬一個大業，就算他們實在需要這方面的認知。

我們常以為自己只需要對客戶和投資者進行推銷，以為只需要吸引、影響並改變這幾種人。但你身為領導者，所面對的目標其實跟員工是一樣的。如果你無法吸引並影響員工，那唯一能做的就是付薪水給他們，你也只能希望他們付出的努力對得起這份薪水。

如此一來，這成了你每天的爭戰。你如果不是正在打這場仗，就是已經敗北。

你該問的問題是：你有沒有說出該說的故事？

我們喜歡騙自己相信，公司文化的重點就是開放式辦公室、員工手冊、員工籃球場，還有喝到飽的健康茶和啤酒。如果答案真的這麼簡單，那我們只需要稍微重新裝潢，裝些啤酒桶，一切就能大功告成。但想建立並維持公司文化，就必須仰賴目標明確、精心安排且努力不懈的說故事。

所謂的公司文化，就是凝聚並激勵人心的故事總和。員工如果了解公司的歷史，像是高點、低點以及原點，就會覺得跟公司關係密切，心情也就更好。更重要的是，員工如果知道公司曾面對挫折並存活下來，就會相信這個組織頂得住大風大浪。

這些故事，這種對過去的了解，其實就像父母對孩子描述這個家的起源。員工如果熟悉公司文化，就會產生一種歸屬感。

你只要能把故事說得好，就沒什麼好煩惱。但你如果把故事說壞了，用來團結員工的橋梁便會搖搖欲墜，讓你總是覺得站不穩。

你的團隊知不知道這家公司如何成立？贏得的最大客戶是誰？最大的失敗是什麼？有哪些最顯著的考驗、勝利、災變和東山再起？

上班令人厭煩、團隊缺乏目標、組織面對困境的時候，員工知不知道自己屬於一個更重要的大業？

他們會知道的，只要你願意說出自己的故事。

使命故事，有說有保庇

日子順遂的時候，使命故事能改善公司文化，進而激發更好的商業表現；日子難過的時候，就像麥克的公司那樣，使命故事就成了存亡關鍵。無論是什麼樣的日子，任何人都能說出使命故事，尤其是你，而且有說有保庇。

當然，不是所有故事都是這樣，有些故事不是你能說的。下一章就是探討這種故事。

第七章

顧客故事

芬芳的腋下，以及你不能說的故事

所謂的品牌，是人們在你不在場的時候如何評價你。

——傑夫．貝佐斯，亞馬遜創辦人暨執行長

聽說「公眾演說」是十大恐懼症之一，我雖然覺得這個老掉牙的說法有點誇大，但走上講臺前感到焦慮確實常見，就連職業演說家也不例外，這種恐懼算是這一行的職業傷害之一。

我身為演說家，最重要的商業機密是什麼？答案是：上臺前把高級體香膏擦好擦滿。

好吧，這其實不是我對公眾演說提出的最佳建議，但如果你的目標是拍出三流的體香膏廣告，倒是可以參考我這個建議。

以下廣告詞請自行搭配矯情旁白：

金卓拉．霍爾是專業的說故事達人。當故事變得難說的時候，她仰賴身上的體香膏來幫她撐到最後，所以她選擇愛美牌，全世界所有故事大師最信賴的品牌。

噁。

出於許多原因，這種行銷話術讓我聽不下去，其中之一是太過肉麻煽情。但我得幫愛美牌說句公道話：這個問題確實很複雜，因為只要發言人是你自己，聽眾就可能覺得你虛假又做作。

我聽不下去的另一個原因是，通篇都在白白浪費機會。訊息裡其實有個故事，但愛美牌付出的努力就是不夠，說不出好故事。

幸好有個辦法能解決這種問題，而且這辦法的歷史，差不多就跟廣告界一樣悠久。想了解解決之道，先把我虛構出來的愛美牌丟到一邊，來看看真實存在的某個愛美牌。

我第一次接觸娜提芙體香膏（Native Deodorant）的體驗，就跟大部分的線上購物沒什麼兩樣：我下了訂單，收到電子郵件收據，後來收到商品，整個過程還滿普通的。但不普通的是，娜提芙的行銷實在厲害，「安全、有效、美國製造的體香膏」這項價值主張簡單明瞭，而且是放在最明顯的位置。你如果去看娜提芙的網站，只需三秒就能清楚明白該公司在解決什麼樣的問題。

但娜提芙真正拿手之處，是運用某類型的故事，也就是捕捉包括我在內的顧客使用產品後說出的故事。顧客故事算是四大類故事當中最具挑戰性的一種，難以掌握但威力驚人，而娜提芙越來越懂得如何運用。你一定已經很熟悉顧客故事，你看過這種故事迴響於消費者見證、評論、網紅業配以及推薦行銷。顧客對產品的稱讚（或批評）早已歷史悠久，但效果歷久彌新。

「顧客體驗」先天就強過「傳統行銷」，因為前者擁有愛美牌的故事所缺乏的要素：可信度。如果你跟別人說你的產品很棒，這叫行銷；如果顧客跟別人說你的產品很棒，這叫推薦，而且這種行為擁有更高一層的影響力。許多研究發現，產品評論和推薦對消費行為有顯著影響。社群媒體的力量，以及評論網站，方便網友留下評論或閱讀別人的評論。現在來看看 BrightLocal 關於消費者評論的問卷調查結果：

- 八五％的消費者認為「線上評論」跟「個人推薦」一樣值得信賴。
- 七三％的消費者會因為看到正面評價而更願意相信一家公司。
- 四九％的消費者必須看到至少四星評價才願意光顧一家公司。
- 平均來說，消費者要看過七篇評論才願意信賴一家公司。

消費者雖然尋找並閱讀評論文，但研究也發現他們大多抱持懷疑態度，而且懂得提防虛假證詞。

皮尤研究中心於二〇一六年發現：「企業主和消費者都在乎線上評論網站的資訊是否真實可靠，而美國人在這方面的看法明顯分歧。經常閱讀線上評論的網友當中，差不多一半（五一％）表示這種評論大多能真實反映產品的品質，但另一半（四八％）認為很難判斷線上評論是否真實客觀。」

顧客故事就是在這種時候能幫上忙。

推薦、評論、證詞和其他類型的顧客體驗雖然都有價值，但它們不一定是以故事型態呈現，也因此影響力比故事遜色。評論文也許能回答一些疑問，但鮮少提到常態（故事三架構的第一步），也很少透過具體細節來刺激讀者想像力、引人入勝。證詞也許會舉出事實，但很少含有情感。產品評價也許對公司有些幫助，但如果能改造成顧客故事，效果將大幅提升。顧客故事能吸引讀者，讓他們願意在乎這個故事，覺得與之產生關聯，最重要的是覺得有人懂自己，像是：「有個人跟我一樣，感受跟我一樣，想要的東西跟我一樣，而且就是在這家公司找到解決方案。我想要這個解決方案。我願意買下。」

沒錯。一個說得好的顧客故事，就能讓這一切成真。

切換敘事者：顧客故事與價值故事的差異

我得承認，你可能以為顧客故事就是價值故事——這種故事其實只是描述產品價值吧？我能不能跳過這一章？

答案是：不，你不能跳過這一章。

我的意思是，我當然沒辦法阻止你略過這幾頁，但就算價值故事和顧客故事是達成同一目標的不同手段，還是建議你搞懂兩者之間的差異。當然，除非你不介意你的競爭對手弄懂其中差異，藉機領先一步。如果你真的不介意，請自便吧，想跳過這一章也隨你高興。

如果你還在這，請回想一下，價值故事是如何依據「史代拉敘事架構」來展示產品價值。良好的銷售與行銷通常屬於價值故事的範疇：在常態中碰到問題的顧客就是鮮明角色，接著出現爆炸性發展（某產品或服務登場），然後，好神奇啊！問題解決了！

常態↓爆炸性發展↓新常態

在昂蓬訴說的故事中，某個行銷人員面臨困境，不知道該如何設計、測試新的線上內容，並得同時應付預算和研發人員不足的瓶頸——這個故事描述的是顧客。在沃基瓦敘述的故事中，某人因為使用了沃基瓦的產品而省下大把時間，因此夢想終於成真，得以順利參加鐵人三項——這個故事描述的也是顧客。這兩個故事的重點雖然都是顧客，但故事本身是價值故事。

顧客故事不是價值故事。

顧客故事有獨特的劇情發展。

顧客故事雖然也傳達價值，卻是由顧客本人說出來。去看看娜提芙的網站，你就會明白這個道理。這種故事雖描述產品價值，卻是出自顧客的口中。來看看艾美．H在娜提芙網站留下的五星評價：

徹底消除體臭

我的家人有乳癌家族史，爲了降低這方面的風險，我開始嘗試純天然的體香膏。我用過某個成分相似的「類似」產品，結果造成了腋下化學灼傷，那個產品只比娜提芙便宜四美元。我也試過其他家的產品，但這些產品的效果僅止於室內。因爲我住在美國南部，氣候非常濕熱，我經常出汗，所以不太敢放棄使用止汗劑。我訂購娜提芙的時候，其實心裡有點不太情願，因爲它跟其他品牌相比眞的很貴，但現在我百分之百慶幸當初有買。不但擦一點點就夠，而且在濕熱的南方還是很有效，一整天都不會臭耶！如果能給我養的每一條狗身上都塗滿娜提芙，我的世界就再也沒有任何臭味了。

接下來看看凱洛琳．D這篇短文：

好動的歐巴桑

我孫女把她的娜提芙忘在我的浴室洗手臺上，所以我決定拿來用用看。我在這七十七年的人生中用過一大堆品牌，這次是第一次感到驚奇，因爲我不管在騎單車還是還是玩槳板後，身上再也沒有體臭。我剛剛才訂了自己的第一瓶椰子香草體香膏，等不及想拿到手！

乍看之下，這些故事很像價值故事：顧客面臨的問題獲得解決。但這些故事因為「是誰說出這些故事」這項關鍵要素，而被歸類為顧客故事。

如果這些故事改成價值故事，角色應該會一樣（艾美．H和凱洛琳．D），爆炸性發展和產品也一樣（娜提芙體香膏），成果和價值都不變。但差別在於，說出這些故事的不是娜提芙公司，而是艾美和凱洛琳，而這項差異就讓一切大不相同。

如果跟先前那個愛美牌一樣，由娜提芙公司自己說出這個故事，聽起來大概會像這樣：

艾美．H有乳癌家族史，所以她想降低使用一般體香膏暗藏的風險。她試過其他號稱天然的產品，要嘛造成化學灼傷，要嘛就是擋不住南部的濕熱氣候。娜提芙成了她的救星！

凱洛琳．D七十七年來用過無數品牌的體香膏，某天借用了孫女留下的娜提芙，發現無論從事單車還是槳板活動，身上都不再有體臭。

這兩個故事都能修改成價值故事。只要添加一些情感，建立常態，再稍做修改，就能把這兩個故事拍成精采的廣告片、線上短片，甚至吸引人的海報或大型廣告看板。但就算做出這些調整，還是無法發揮顧客故事擁有而價值故事缺乏的關鍵優勢：**與生俱來的可信度**。

顧客故事為何比較可信？

顧客故事可謂自成一格，因為它消除了你在聽其他故事時會感到的懷疑：既然這個故事是賣家說的，可能不值得信賴吧？相較之下，說出顧客故事的不是賣家，而是跟你一樣的普通人。他們用了這個產品，覺得喜歡，而且不會因為跟你說了這個故事而獲得任何好處。

現在的消費者遠比以前精明，對市場的了解遠勝以往，就算沒變得疑神疑鬼，也至少會對公司企業的說詞提高警覺，故事也不例外。如果運用得當，顧客故事能移除消費者心中任何懷疑，艾美・H和凱洛琳・D就是兩例。

來源很重要

你花一分鐘想想：娜提芙說自家產品「能徹底消除體臭」，把這當成行銷臺詞，甚至放進價值故事裡。相反的，從真實顧客的嘴裡聽見這個故事，感覺就是不一樣，艾美的故事似乎更有意義。聽娜提芙說自家產品值得賣這麼貴，感覺就像在聽他們自賣自誇，但聽艾美說出同樣的訊息，感覺就像事實。

我知道，這部分很像你在小學三年級的創意寫作課上學過的東西：「第一人稱」和「第三人稱」的差異，「我」和「她／他」的差異。但事實證明，有時候訊息的來源比什麼都重要。

英國麥當勞就是透過慘痛方式學到這個教訓。

二〇一七年，英國麥當勞投放了一支廣告：一名即將邁入青少年期的男孩坐在床上，在一個看似裝滿垃圾的盒子裡翻找。但我們很快意識到，裡頭的東西其實都是珍貴的紀念品，像是一副眼鏡、一支手錶、一張手寫的紙條……全是以實物形式存在的回憶。

男孩放下盒子，來到樓下問母親：「爸爸是什麼樣的人？」

母親看著他，然後帶他出門散步，邊走邊說他父親有哪些優點。經過一座老舊的石砌教堂時，她對兒子說他父親生前就跟建築物一樣高大，男孩聽了刻意站得更直，想讓自己看起來更高大些。經過一場足球賽時，她描述他父親不僅是足球高手，更是隊長，男孩於是笨拙地試著把飛到圍籬旁的足球踢回場內，但動作顯然不是當隊長的料。兩人在一張長椅坐下，母親描述孩子的父親多麼會穿衣服，皮鞋亮得能當鏡子，男孩低頭看著腳上髒兮兮的球鞋，一臉洩氣。

散步結束，母子倆在一家麥當勞裡坐下來用餐。男孩打開自己的漢堡盒，拿起裡頭的麥香魚，咬下一大口。他正在咀嚼時，鏡頭移向母親，她以感傷的口吻說他父親生前也最喜歡麥香魚，而且每次都把塔塔醬滴得滿下巴都是。她哽咽得欲言又止，看著英俊的兒子下巴上也沾了一些醬汁。

聽見母親這麼說，男孩感到興奮不已。他跟父親之間終於有相似之處。

這支廣告引發了強烈眾怒。我是在喝咖啡的時候在《紐約時報》上看到這篇報導。麥當勞竟然這樣利用孩子的喪父之痛！有麥香魚吃，誰在乎爸媽是否雙雙健在！這支廣告上映沒多久就下檔了，麥當勞後來也公開道歉。

我在讀到這篇報導前，雖然沒看過這支廣告，但當時就出現兩個想法。我首先想到我父親和番茄汁。

上大學的時候，有一次跟母親一起搭機。空服員問我們要喝什麼，我說我要番茄汁，我媽聽了突然看著我。

「怎麼？」我嗆道，「我點的是番茄汁，又不是血腥瑪麗。」說來也妙，我們在母親身邊就是很容易變回叛逆青少年。

「不，」她說，「不是這個，只是妳爸每次搭機時都會點番茄汁，而且他只有在飛機上才會點這個。」

我永遠不會忘記當下感到的強烈自豪。沒錯，雖然只是番茄汁這麼簡單的東西，但我還是感受到身為女兒的獨特喜悅，以及在這一刻跟爸爸之間的連結。

你看到這，也許會以為我爸在我小時候過世了，所以番茄汁對我來說意義重大。才不是咧，我爸還活得好好的，而且我常常跟他聊天，但他「依然健在」這項事實，完全沒稀釋我和他的相似處所帶給我的意義，所以我能體會喪父的少年必定珍惜這種相似處，就算只是快餐店的漢堡。

《衛報》一名獨立記者對這種情感做出響應，雖然經驗不同。她母親於一九八五年過世時，她年紀還小。這位記者說：「就算到了現在，我還是渴望獲得與我母親有關的任何瑣碎發現……發掘新的事實，或透過某個認識她的人來得知我和她哪裡相似，這感覺就像美好的考古學。」

這也是我的第一個想法：我爸和番茄汁。得知我跟他在這方面相似時，我有多麼自豪。

我的第二個想法是：麥當勞這支廣告該不會是真實故事吧？是不是真有個男孩發現自己跟亡父之間有這種相似處，而英國麥當勞透過某種方式得知此事？

也許他母親跟英國麥當勞說了這個故事，廣告公司深受感動，意識到這是行銷金礦，所以決定說出這個故事！這個故事將擁有鮮明角色和真實情感（當然啦，他們用的不是這些名詞，因為我的研究當時還沒完成，但你明白我的意思），廣告公司製作了分鏡圖，選了演員，而就算劇情並非虛構……

麥當勞把這個故事說成價值故事，而不是請真實存在的男孩說出顧客故事。麥當勞根本搞不懂自己是怎麼拍爛了這支廣告。

沒錯，故事的來源很重要，無論來源本身是好是壞。

細節很重要

就像那句老話：有些故事是你想掰也掰不出來的。凱洛琳．D的顧客故事處處都是細節，故事也因此更顯真實。她正值青春期的孫女把體香膏忘在浴室洗手臺上（典型的青少年），還有凱洛琳喜歡的活動（單車和槳板）。就連她的年紀也說得很清楚：

七十七歲。你有沒有注意到另一個細節？凱洛琳這句「因為我不管在騎單車還是還是玩槳板後」，不小心把「還是」寫了兩次！這是很小的細節，卻極其重要。

既然顧客故事直接來自源頭，真實性也就變得至關重要。無論顧客故事是以平面還是影片呈現，製作者常常想予以美化，但顧客在說故事時的傻笑、吃螺絲和其他瑕疵，才會讓這個故事更為真實。還有，你確實該引導故事來符合史代拉敘事架構，並納入所有必要環節，而如果這麼做會造成傷害，是該避免讓顧客難堪，但也別把顧客說的故事編輯到不成原樣。**顧客故事的美妙之處，就在於它擁有原始而不完美的真實性**。

就算讓上百個廣告文案員合作一星期，我們也不可能相信他們作品中的人物跟凱洛琳一樣真實。凱洛琳的文字到處都是細節，因而更令人信服。這些細節也讓讀者明白什麼樣的人使用娜提芙：勇於冒險，朝氣蓬勃，活力旺盛，不管活到什麼年紀。

魔鬼可能藏在細節裡，但是趣味和可信度也藏在同一處。

如何取得顧客故事？

沒錯，商業界早已懂得「取得評論」，亞馬遜一直都在這麼做，連同這一百年來的一大堆公司。但是娜提芙在這方面做得更好，而且你也做得到。以下兩個簡單守則，能讓你學習娜提芙的典範，並規畫屬於自己的顧客故事。

守則一：你必須開口請求

我拿到體香膏的幾天後，收到娜提芙寄來的一封電子郵件：

收件者：金卓拉・霍爾

主旨：感謝您的支持，金卓拉！

嘿，金卓拉，

希望您一切安好！在此感謝您支持娜提芙。我們是小型的家族生意，所以由衷感謝您的選購。

既然您已經使用了娜提芙體香膏幾天，我很希望能聽聽您對本產品的初步想法。我尤其想知道，您以前使用哪家的體香膏，而且爲什麼願意改用娜提芙？您對娜提芙的商品是否還滿意？如果您的體驗非常棒，我們很希望您願意在以下網址刊登您對本產品的評論！

我們感激您的意見回饋。如果有任何疑問，歡迎隨時透過電子郵件聯繫我。

祝您有個美好的一天！

敬祝安好，

茱莉亞

附注：如果您願意將評論拍成影片寄來，我們會送您一條免費的娜提芙體香膏！請點擊以下網址查看相關細節。

這封信發揮了一些令人意外的效果（稍後詳細說明），而此刻最重要的功用，是促使我願意寫下評論。他們這封信是鼓勵與請求，邀請我向娜提芙說出我的顧客故事。這個請求目前贏得了七千零八篇評論，成為他們電視廣告的核心訊息。你也許覺得這看似簡單，但其實很少公司這麼做，而這也襯托出顧客故事最重要的第一條守則：如果想要顧客故事，就必須跟顧客討。沒錯，你也許偶爾會收到顧客主動來信，但如果不開口要，恐怕得花好幾年才能累積到一定數量。

開口請求不難，只是需要一套系統。娜提芙運用的是一封後續追蹤電子郵件，這就是非常簡單又實用的系統。

但要注意：娜提芙把「開口請求」提升到更高層級。

- 這封信是在我收到產品之後才寄出。任何人都能在電子郵件收據上加一條「在這裡加入您的評論！」的網址連結，但這種方式效果很糟，因為顧客這時根本還沒收到產品。你想發出請求，就必須先等顧客體驗過你的產品或服務。

- 這封信是來自一個擁有真實名字的真人：茱莉亞。她態度友善，讓我知道我對這個家族生意來說很重要，而且我覺得她誠意十足。郵件不是那種自動產生信件、缺乏臉孔的電腦系統，如果我回覆茱莉亞，就會收到她的回信。
- 禮多人不怪。如果我拍評論影片給他們，就會收到一條免費的體香膏。「謝謝您」和「免費贈品」這類東西最容易讓人願意做出反饋。況且，如果影片由我自拍，他們就能完全避開那支麥當勞廣告遭受的那種批評。

如何請求是一門學問，就是從開口做起，再簡單不過，不需要把事情搞得特別複雜。先開口請求，然後邊交涉邊調整說詞。

守則二：要求得夠詳細，才能獲得所求

除了「開口請求」這個簡單步驟之外，娜提芙的信也能促成另一個關鍵環節：引導我的反應，確保我分享真實的故事。

畢竟故事才是重點。我們想要的不只是五星評論、大拇指按讚或基本的恭維。我們想要故事，因為故事的效果好太多。

茱莉亞在信上提出具體詢問：我在改用娜提芙之前是用哪家的產品、這幾天對娜提芙體香膏有何感想。你注意到了嗎？他們提供了架構，請我按照該架構給他們一個故事。這個架構湊巧符合我們的史代拉敘事架構。茱莉亞用這種方式請我發表評論，就是在引導我的回應，而我如果遵照她的指示，我的評論就會以完美的「常態↓爆炸性發展↓新常態」的方式呈現，而娜提芙體香膏就是所謂的爆炸性發展。

我就算忘了用這種方式做出回應，該公司的評論網頁也會再次巧妙提醒我該怎麼做，要我用有效的故事形式說出評論。

娜提芙網站上有大批優質故事，很可能就是這種引導的功勞。這種方式鼓勵了艾美說出完整的故事，鼓勵了凱洛琳提到在浴室洗手臺發現孫女留下的體香膏，並決定用用看。你如果仔細想想，會覺得她這個舉動有點叛逆，但這反而讓整個故事顯得更酷又真實。**在尋求顧客故事的時候，你希望顧客做出什麼樣的回應，就該對顧客提出什麼樣的疑問**。

顧客故事應該是最簡單但也最強大的故事類型。只要有顧客，你就有顧客故事，只是得把它們找出來。不需要靠自己建構這些故事，你只負責「策展」並展示它們。

想辦法往「空位」塞進顧客故事

當然，故事如果沒被說出來，也就沒多少價值。你在這個階段，應該把自己想成「策展負責人」。你為自己的「顧客故事博物館」收集了許多展品，但如果不拿出來展示，這些東西就無法發揮效果。

問題當然是：這些故事要展示在哪？

為了回答這個問題，我說說小時候準備上學前的例行公事：起床，進廚房，拿出盒裝玉米片，把一些玉米片倒進碗裡，再倒些牛奶，然後邊吃玉米片，邊瞪著玉米片紙盒的背面。你有沒有做過同樣的舉動？老天，我不知道這輩子花了多少時間盯著同一個玉米片紙盒。我閱讀上頭列出的資料，試著解開謎團，同時把撒了砂糖的泡芙狀玉米片塞進嘴裡（沒錯，我是在八〇年代長大，我們那時候都吃撒了砂糖的泡芙狀玉米片）。

雖然我的孩子們不吃玉米片，但我還是會想起那些早晨。如果玉米片製造商在紙盒背面印上故事，這樣就能從我這獲得至少二十五分鐘的全然注意力，畢竟在吃早餐的時候還能盯著什麼看？

我不是叫你把顧客故事印在玉米片紙盒上（雖然你可以這麼做啦），而是要你想想顧客生活中那些「空位」。你知道他們一定會拿些東西來填空，既然你現在知道他們比較喜歡看故事，何不在空位裡放個故事？無論是網站、新聞快報、影片、幻燈片簡報、展覽會的攤位、競標會、提案會、銷售電話、團隊會議，還是地鐵車廂的牆壁上。

對娜提芙來說，官網就是顧客故事博物館。我住過加拿大的某間旅館，客房裡有本日記，鼓勵訪客寫下自己的經驗：你為什麼在這裡、做過什麼、喜歡這裡的什麼。這就是旅館留給顧客故事的空位。社群媒體也是用來展示顧客故事的空位。基本上，你的顧客都去什麼地方、腦袋裡有什麼空位，你就往裡頭塞個故事。

顧客故事的四大環節

在閱讀本章的時候，你有沒有注意到某種變化：你好像能把故事說得稍微更流暢了？沒錯。我們在討論顧客故事的時候，常常提到鮮明角色、真實情感、特定時刻和具體細節，因為我們必須面對一個事實：故事就是各環節的總和。

但從顧客故事的本質來看，你對這種故事的控制度會比較低，畢竟這個故事不屬於你，而是屬於顧客，所以想讓顧客故事發揮最大潛力，就必須熟悉各環節。接下來說明，如何運用四大環節來有效發揮顧客故事。

鮮明角色：別將角色塑造得太完美

讓我跟你說個你鐵定沒猜到的消息：顧客故事當中的鮮明角色就是顧客。嗯，你沒猜到才怪。顧客故事中的鮮明角色，重點不是「誰」，而是「如何」。要如何讓顧客變成聽眾能體會並信任的角色，答案取決於你用什麼方式分享這個故事。

如果你跟娜提芙體香膏一樣，正在建立一座以顧客評論組成的故事博物館，那你得確保提出的疑問能鼓勵顧客表達真實心聲。讀者在網頁上只看得見豎起或倒豎的拇指，看不見拇指的主人。

如果你想採取更積極的方式，像是顧客自拍的影片、在Instagram上刊登照片和故事，或請顧客上臺分享故事，而且你找到幾個顧客願意接受這種挑戰，那記住：切勿追求完美。太完美的演出反而令人起疑。

我看了二〇〇三年的電影《愛是您．愛是我》的導演解說，永遠記得導演說在拍攝最後一場戲的時候，飾演小學生的女孩高唱經典的聖誕歌曲〈你是我最想要的聖誕禮物〉。他覺得女孩唱得太好，聽起來反而很假，所以叫她再唱一次，但這次別唱得太完美，歌聲需要帶點瑕疵，才能讓這個角色真實可信。

我們現在要討論的不是小孩子竟然能唱得那麼好，而是你在處理鮮明角色的時候，別把角色塑造得太完美，別遮掩任何瑕疵。電影和廣告才需要演員，顧客故事只需要顧客。

真實情感：關鍵在於讓顧客說出「之前」的感受

你值得花時間找出顧客故事，是因為這種故事字字都是真實情感。你的產品改變了顧客的人生，他們發自內心地說出這件事，比其他類型的故事都真實。唯一比這更真實的，是他們在體驗你的產品或服務「之前」的感受。顧客故事能否成功，取決於顧客在故事的「常態」階段說出什麼情感。

你在鼓勵顧客說出顧客故事的時候，記住：想讓聽眾在乎顧客找到你之後產生什麼樣的喜悅或安心（真實情感），就必須對比出顧客在找到你之前是什麼感受。

特定時刻：藉由詢問找答案

和之前提到的那三類故事一樣，特定時刻也能增強顧客故事的效果。你對顧客故事的控制度雖然有限，但可以鼓勵顧客提到特定時刻，像是問他們：「你第一次使用我們的產品（或服務），是在什麼地方？」顧客通常會在答覆中提到你想知道的時刻。

具體細節：接收細節時請發揮想像力

剛剛才提過，具體細節能讓顧客故事擁有無可匹敵的真實性。如果只是隨便寫幾句評論，當中沒有多少真實細節，讀者大概就不會把這篇評論當一回事。你當然不會這麼做，畢竟你已經知道具體細節有多重要。

顧客故事中，具體細節應該是最具獎勵也最有趣的環節，能讓你聽見顧客說出你原本不知道的獨特細節。我很喜歡看顧客寫給我的信，這些人通常聽過我演講或看過我的作品，他們在信上描述自己如何運用故事，還會提到細節，像是他們在所參與活動的社交時間跟新認識的人分享故事時，大會提供了什麼開胃菜；我的一個顧客即將進行演講前，臺下的執行長不耐煩地一直按筆，而聽見我的顧客說的故事後，便停止了這個動作。

你的顧客把這種故事說給你聽、寫給你看的時候，你得隨時聆聽這些細節，並注意自己的想像力。你在共同創造過程中做出回應時是想著顧客說出的什麼細節？你的潛意識注意到並運用了哪些細節？在閱讀顧客分享的細節時，記得問自己這幾個問題。

收穫顧客故事的前提是你得溝通

在我為本章做出總結、進入下一章之前，先摘下玫瑰色的眼鏡，說出你這時候大概會有的想法：

顧客故事真的很難拿捏。

我曾和某個國際品牌合作，他們想說出顧客故事，但在討論該選擇哪位顧客的故事時，該團隊當場提議我們應該「塑造」一個顧客出來，而不是去邀請一位真實存在的顧客。他們想捏造虛構的角色，再找個演員去扮演。他們覺得這個辦法比較輕鬆，而這也的確是事實！找到顧客，與之商談，弄清楚對方有什麼樣的故事……這個過程確實很繁瑣。聆聽並提出疑問，找出顧客的真實情感和具體細節，這麼做很花時間。在許多案例上，行銷團隊雖然負責說出顧客故事，卻與顧客之間沒有任何互動。我這麼說並非批評，只是指出事實。行銷團隊的職責是坐在會議室裡，對著白板憑空想像出顧客；相較之下，坐在服務臺或負責接聽客服電話的員工，才跟顧客有真正的互動。

顧客故事之所以令人生畏，純粹因為你對它的控制度比較低，這不是你的錯，而是這種故事的本質就是這樣。但我發現，這其實是商業界中一個大問題的症狀：越來越多企業覺得與顧客零互動也無所謂。「顧客溝通」這項工作被電腦取代，造成了今天的

「故事荒原」。公司不跟顧客進行真正的談話，所以只能依據相關數據和調查結果來捏造顧客的角色。

顧客故事確實需要你投入額外心血，但想像一下，如果鼓勵員工，而且你自己也努力找出顧客故事，讓人們能聽見顧客的真實心聲，這將帶來多大的改變。

打造出自己的必要故事

我們已經來到本書第二部的尾聲，討論了公司企業需要哪四種必要故事才能成長茁壯。在第三部中，將一步步解說你可以採取的三個明確步驟：

- 從生意中找出潛在的故事。先判斷哪種故事最適合你，然後收集能用的故事。
- 把最好的幾個點子組合成一篇精采故事，善用史代拉敘事架構以及其他久經考驗的技巧，讓過程盡可能輕鬆簡單。
- 用真誠的方式說出你的必要故事，以便跨越鴻溝，觸及目標客群，並且讓故事深植人心。

接下來，我借用說書人很喜歡的一句轉折語：「案情越來越複雜了！」讓我們繼續看下去。

第三部

創造你自己的故事

找出、塑造並說出你的故事

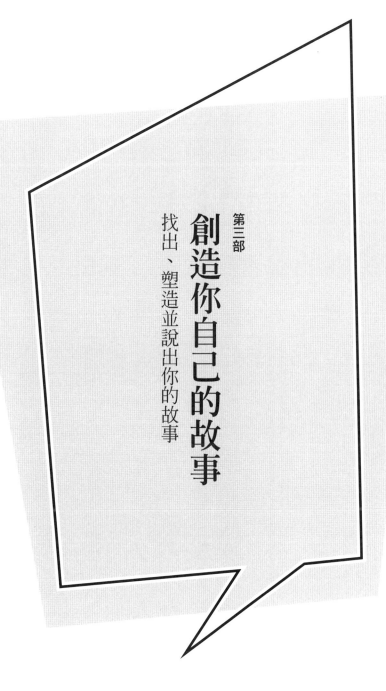

第八章

找出你的故事

如何在任何地方都能找出故事

生而為人，就該有故事可說。

——伊薩克．狄尼森，丹麥著名現代作家

二〇〇六年十月，我受邀前往亞利桑那州的梅薩市，在「梅薩說故事節」活動上演講。許多一流說書人都會參加這個慶祝活動，我興奮得難以言喻，不僅因為有機會對熱情的聽眾說故事，也因為有幸介紹該活動的巨星，我的恩師、也是我的偶像，唐納德．戴維斯。

另一名說書人在臺上演講，下一個就輪到他，而我坐在他身邊。我緊張地在座椅上挪動身子，扭擰雙手，拚命抖腳，因為等會兒我要負責介紹的這個人，是我這輩子除了父親之外最重要的男人（我和麥克那時候剛開始交往，他絕對排在唐納德後面）。

跟我完全相反，唐納德平靜沉穩，態度輕鬆地捏著一張陳舊的紙。我以為上頭寫著如何應付怯場的妙方，所以拚命從他身後偷瞄，發現紙上有一長串手寫的文字，一看就知道是他的筆跡。文字是一串串名單，一共有四、五串，每串至少有二十個名字，還寫了關於情境、事件和特定時刻的筆記。我覺得這些文字的排列方式，有點像《六人行》DVD列出每集名稱的方式，像是〈喬伊換了新腦袋的那一集〉，或是〈錢德討厭狗的那一集〉。

然後我意識到，這份名單其實是可用的故事。唐納德捏在手裡的，是待會兒能從中選擇的數百個候選故事。我稍微靠得更近，簡直就像在偷窺這份名單，故事的數量多得令我驚奇。

掌聲打斷了我的窺探。臺上的說書人演講完畢，於是我起身來到講臺上，抓住麥克風，盡我所能地隆重介紹唐納德。我說出他的名字，看著唐納德俐落地把故事清單摺起、收進口袋，整理一下領結，然後來到講臺上。接下來的九十分鐘，我懷著敬畏的心情，聆聽他決定說出來的故事，而且不禁心想：不知道什麼時候能聽見他那份名單上的其他故事。

阻止你說故事的最大障礙，不是拖延、害怕分享，也不是怯場，而是你從一開始

就認定自己沒故事可說。

出於同樣的原因，我一開始也不敢說自己的故事。那時候是二〇〇〇年代初期，我頭一次覺得很想說出自己的人生故事，卻遲疑不決。我當時心想，自己只是個二十幾歲的女孩，來自圓滿的中產家庭，哪有資格分享什麼人生故事？我的人生故事不夠痛苦也不夠黑暗，應該把這些故事留在心裡。後來，我在奧克拉荷馬市決定冒險一試，參加某個「開放麥克風之夜」，說出自己平淡無奇的失戀故事，然後我意識到，**只要故事是真的，無論多大多小、是悲是喜，聽眾一定會產生共鳴**。

就算你的故事很小，但它還是屬於你，而且值得說出來。

話雖如此，沒人對「我沒故事可說」這種恐懼免疫，就連擁有精采故事的人也覺得自己沒有故事。我永遠不會忘記這個經歷：有次登機後，我瞥向坐在身邊的一名男士，他個子矮小，樣貌普通，頭髮灰棕，戴著眼鏡，看起來五十多歲。我坐下時，他只稍微抬頭瞥我一眼。他正在專心講電話，眉頭緊鎖地盯著手上的平板電腦。我聽見他在電話上說些什麼，因此忍不住偷瞄他的平板（有點像說故事節那天偷瞄唐納德・戴維斯手上的名單），只見螢幕上是一場重大火災的照片，而且除非我看錯，否則大火似乎是從地底噴出來。

這位先生不斷放大縮小螢幕中的相片。我確認他忙著講電話，沒注意到我在偷瞄，所以稍微靠得更近，發現照片上有一名手持盾牌的男子試著走向起火處。

這位先生咕噥說什麼地面有水泥碎片，鑽油器具已經受損，而且他必須盡快返回中東。他結束通話，然後立刻打給另一人，要他們準備好夠用七週的行李，並盡快搭機前往中東。

他結束通話，然後嘆口氣。

我對突如其來的沉默感到不自在，所以決定向他搭訕，還用緊張的笑聲對上方置物櫃發表評論。我們交換了一般的機內閒聊，直到他提到原本打算探望母親，慶祝她的九十歲生日。

「不過現在看來，我得掉頭回去中東。」

我盡量故作驚訝：「噢？」

他說他專門處理遭到恐怖分子襲擊而起火的鑽油平臺。他以沉穩又低調的態度描述這份工作：他的摯友因吸進致命氣體而死在油田上；雖然他的妻子和已經成年的孩子都希望他退休，但他還是覺得有必要訓練其他人處理這種火災。

整趟航程上，他的故事聽得我在心中拍案叫絕。飛機開始下降時，我問他以前有沒有分享過這些故事。

他驚訝地看著我。

「故事？我什麼故事也沒有。」他嚴肅地說。

他的故事雖然讓我聽得欲罷不能，但更令我驚訝的是，他根本不把它們當成故事，至少他不認為這是值得說出來的故事。有這種想法的其實不只他一人。

如果你不說故事，是因為你相信自己沒故事可說，那我向你保證，你大錯特錯。沒錯，天下故事百百種，人人都有故事，而且都值得說出來。

問題不是你沒有故事。

而是你不知道怎樣把它們找出來。

幸好這是我們能解決的問題。

在兩個步驟內找出故事：收集與挑選

看到這，你應該已經對故事的力量深信不疑。你知道故事為何至關重要、如何發揮效果，也明白生意上需要的四大必要故事。但你可能還抱持某種懷疑態度：我真的有故事可說嗎？如果有，我要怎樣找出適合的故事？我們接下來就回答這兩個重要問題，我會把答案拆成兩個明顯迥異的過程：**收集和挑選**。

第一個過程是「收集故事」。集思廣益，多多收集各式各樣的故事構想，但先別擔心這些故事是否精采、適當、有用，甚至能不能說。收集故事就是典型的腦力激盪，但有幾個工具能避免你忙了一天但紙上還是一片空白。

第二個過程是「挑選故事」。不是每個故事都適合所有情況。我有次必須在高中母校的「國家榮譽協會」宴席上演講，而我把準備工作拖延到最後一分鐘，才決定說個關於排水口塞住的故事。你就別問為什麼了。總之，跟你猜得一樣，這個故事沒獲得好評。我透過慘痛方式學到一個教訓：「找出故事」不等於「選出適合的故事」。

找出好故事，其實是「收集」和「挑選」這兩個過程的綜合成果。

找出好故事的第一階段：用名詞收集故事

你有沒有試過請年邁的親戚說故事？我有次為了寫作業，請我奶奶描述她在經濟大蕭條期間的經驗。我坐在她身邊，準備好紙筆，還啟動錄音機，以便捕捉她滔滔不絕說出的所有細節。

我問她：「奶奶，跟我說說大蕭條的日子。」然後拿好筆，做好準備。

「噢，我也不知道該怎麼說，」她思索片刻，「那段日子很不錯。」

就這樣。她只有這幾個字。

我還記得當時盯著她，畢竟這幾個字跟我聽說過的經濟大蕭條完全相反。拜託，大蕭條明明寫著「蕭條」這兩個字，又不是大「繁榮」。我當時不但立刻擔心作業的成績，也感到超級失望又洩氣。我知道奶奶有很多故事，但她為什麼就是不願說給我聽？

後來，我和「策略性說故事」領域的許多高層人士共事過，知道一般人就是卡在這個階段，而且根本不知道為什麼會卡在這。你知道你需要一個故事，所以自問：「我該說什麼故事？」然後你給自己的答覆大概就跟我奶奶給我的一樣，也就是沒有答覆，結果就是跟我一樣心灰意冷。

但我奶奶並不是什麼故事也沒有，她沒說出來也不是她的錯。你之所以找不到自己的故事，不是因為你沒有，而是在尋找時提出的疑問不夠有效。我當初就是對奶奶提出了差勁的疑問。想獲得更好的故事，甚至找出任何一個故事，就必須提出更好的問句。因此，你必須記住很重要的一點：**我們的故事是依附在生活中的名詞上**。

這些名詞包括人事物和地點。

你在尋找故事時如果想提出更好的疑問，關鍵之一是把思路轉移到名詞上，列出一連串的人物、地點、物品和事件。你每寫下一個，就在腦海中留點空間，讓這些名詞的相關回憶主動找上你。

例如，我在幾年前曾經跟爺爺共度一個下午，他那時剛過完九十三歲生日。我平時很少見到他，更別提和他獨處，所以很想聽聽他的故事，尤其關於他經歷過的第二次世界大戰。我沒對他說「爺爺，跟我說說第二次世界大戰」，而是把問句集中在某個名詞上。

「爺爺，」我問，「你二次大戰的時候在哪駐守？」

他回答澳洲的珀斯市。

「爺爺，」我說，「跟我說說澳洲的珀斯市。」

我彷彿說出了能打開故事洞穴的暗語。接下來的一個半小時，爺爺鉅細靡遺地描述他在珀斯市的經歷，也就是二次大戰的經驗。他描述當時睡的兵營，說老鼠整晚都在上鋪床位趴趴走。他說那座城鎮所有建築都用木板封住門窗，還說了他們週末去海邊冒險。爺爺侃侃而談，就因為我轉移了提問方向，把焦點集中在某個地點，而不是他的整體經驗。

當然，像這樣轉移提問的方向適合找出任何故事，也包括商業故事，尤其如果你的職責就是說出使命故事來凝聚團隊。利用這種名詞導向的方式來找出故事，就能獲得無限個可能的故事。

聚焦於人事物等名詞

幾年前，我和一位高階主管合作，他需要想出一個關於創新的訊息，傳達一個可能讓人難以接受的現實問題：創新雖然神奇，但也可能帶來痛苦。他很需要這個訊息，而且不只想談創新，也想透過故事傳達出希望，讓聽眾在發現自己處於這種痛苦的時候，能想起這個訊息，進而有勇氣堅持下去。

可惜，就跟我問奶奶關於經濟大蕭條那次一樣，這位主管尋找故事時缺乏策略，所以沒獲得任何成果。於是，我們決定聚焦在名詞上，試著找出一些選項；我們列出他這輩子目睹過的各種科技創新，希望這麼做能讓他想起一些故事。

我們列出他這輩子見過的音樂播放器：黑膠唱機、匣式錄音機、手提音箱、錄音帶隨身聽、CD隨身聽，還有iPod。

接著，列出他這輩子見過或用過的各種電腦。

然後，列出他這輩子用過的各種電話：轉盤式電話、無線室內電話，還有行動電話。

寫下每個名詞時，我們聊到相關回憶，這些往事只要稍微琢磨一番就能變成故事。雖然每個名詞都伴隨一些零碎的故事，但在談到行動電話的時候，某個完美故事才突然跳到我們面前。

在列出各種電話時，這位主管想起這輩子第一次見到的手機，是他爸的大哥大，而且還裝在專屬的公事包裡。某一天，他爸要出門辦點事，問青春期的他要不要一起去。這個年輕人意識到爸爸會帶著行動電話，因此一口答應。

父親在路上的加油站逗留片刻。兒子趁父親去付油錢的時候，從公事包裡拿出手機，打給麻吉，然後在父親回到車上前掛掉電話。

千鈞一髮。他當時覺得自己挺酷的，竟然從車上打電話給朋友，更棒的是老爸永遠不會發現這件事……

當然，他爸終究發現了。

幾星期後，家裡收到通話費的帳單。

那通三十秒的電話，價格是三百美元。

創新雖然神奇，但也可能帶來痛苦。

如果你哪天苦尋故事卻無法如意，可以思索跟你想表達的訊息有關的名詞。擇日不如撞日，乾脆現在就練習一下。

列出你這輩子做過的所有工作、這輩子住過的每個住處、學校的老師和運動教練。你每寫下一個名詞就暫停片刻，這時候很可能會想起一、兩個回憶，很可能可以說成故事。

解鎖更多故事

以名詞為出發點是個妙招，能幫忙將一些故事放進你的回憶中心。以下是我使用的一些額外技巧，能幫我找出完美的故事。

◎回想這輩子的「第一次」

我永遠忘不了第一次遇到我老公的那天、這輩子說過的第一個故事、我的第一個暑假打工、第一次真正的「說故事」專業演講。我永遠忘不了第一次接到某個客戶打來的電話，他笑個不停，因為他們說的故事引發熱烈迴響；我掛電話時意識到，也許說故事的效益比我原本預料的更龐大。我永遠忘不了第一次真正失戀，還有第一次去上飛輪課。每個回憶後面都是一個能說出來的重要故事。偷偷告訴你，我寫下這段文字時，正在另外做筆記，因為我想起一大堆原本忘掉的故事。

如果你很難找出自己的故事，就把心思放在這輩子的「第一次」上。這些回憶跟你想傳達的訊息之間的關聯也許很明顯（例如第一次看到有人使用你的產品、你的生意正式開張的第一天，或是你的第一通推銷電話），也可能模糊（你第一次嘗試如今熱愛的某種嗜好、第一次見到現在對你來說很重要的某人）。你決定說出來的故事也許跟「第一次」無關，但如果把精神集中在「第一次」，就能有效解開記憶中的封印，為你帶來更多故事選擇。

◎列出顧客對你的批評與疑問

這個話題常常令人尷尬。每次聽客戶說自己的公司有多棒，我就會問他們：「那消費者為什麼就是不選你們？」雖然沒人喜歡討論這個問題，但如果能查明消費者為何拒絕你，就能用適當的故事來消除他們的不安。例如，你發現消費者覺得產品太貴，那故事就該說明：從長遠來看，你的產品其實能幫他們省錢。如果你發現消費者對改變有所抗拒，那故事就該說明：如果不改用你提供的解決方案，只會讓短痛演變成長痛。

這個辦法也能應付消費者最常提出的疑問。回想一下第四章提到的大腦雙系統，系統一是順其自然，系統二用來處理複雜問題。碰到有人提問時，我們的本能反應經常是以邏輯做出答覆，也因此立刻陷入錯綜複雜的系統二；相對的，如果你提早發現消費者最常對你提出什麼疑問，就知道該做的不是列出一長串事證，而是透過故事來做出更有效率的答覆，讓消費者停留在更舒適的系統一狀態。

◎回想什麼時候體驗過今天想傳達的訊息

這個腦力激盪機制最大的優點，是讓你隨時隨地都能找出適當的故事。如果你想傳達的訊息是「不屈不撓」，可以說說某個原型機失敗了多少次才終於成功。再舉個例子：你很想練出一字馬，所以花了好幾星期在房間、操場，甚至教堂練習，最後終於成功。只要最後能把故事跟訊息本身綁在一起，你幾乎想說什麼都行。

◎對自己提出大量疑問

你能找出多少故事，端看能對自己提出多少疑問。我平時是用以下這些問題來回想原本忘掉的故事。

- 你曾經為了生存而想出什麼樣的妙計？
- 公司有史以來最悲慘的一天是什麼時候？
- 有沒有顧客因你而掉淚？是喜極而泣嗎？還是你做錯了什麼？
- 有沒有顧客因你而不再掉淚？
- 你在生意上做過最艱難的決定是什麼？

- 你的生意改變了誰的人生？
- 你的工作或生意最讓你自豪的一刻是什麼？
- 哪個事件或決策讓公司得以生存至今？
- 你在生意上是否曾對某人、某事感到驚訝或誤判？
- 你第一筆成交的買賣是什麼？
- 哪筆買賣的意義對你來說最重大？
- 你記不記得哪筆買賣沒能談成？
- 哪個顧客對你最滿意？
- 哪個顧客對你最不滿？
- 你最丟臉的一刻是什麼時候？
- 有誰對你說過你一定無法完成某個目標？
- 你是在哪一刻明白自己的工作是值得的？

無論哪個問題發揮作用，你在這串清單上仔細挖掘答案的時候，一定會找到比預想更有效的故事素材。

想擁有精采的故事就要有精采的人生——漫天大謊！

我看過一本書，作者說如果想擁有精采故事，就必須擁有精采的人生；言下之意就是，你如果沒故事可說，就表示你的人生不夠精采。我得承認，我雖然不太擅長用肢體動作來表達怒火，但我還是把那本書甩飛出去。那個作者是騙子。

如果「人生不夠精采」這個念頭鑽進你的腦海，別理它。

這句話是謊話，雖然常見，但就是謊話。

你的人生本來就有很多故事。我知道這句話聽來可能有點自大，尤其如果你絞盡腦汁但就是想不出故事，覺得自己一個故事也沒有，每個經歷都不值得說出來。

但本章已經多次指出某個真相：你如果覺得自己沒故事可說，不是因為真的沒有，只是你不把自己的故事當成故事，因為它們聽起來都像生活瑣事。本章傳授的「找故事」自我練習，能幫你釐清特定時刻，發現裡頭其實暗藏許多精采故事。

找出好故事的第二階段：挑選適合的故事

沒錯，你有故事。如果研究了剛剛列出的清單，你現在應該已經被大把候選故事弄得不知所措。另一個可能是，也許你從不覺得「找」故事有什麼難；也許你向來知道你有故事可說，但就是不確定該說哪個。

這就是「找出故事」的第二階段。你收集了一些候選故事，接下來要做的，是決定塑造、說出哪個故事。蘇珊就曾碰上這個問題，她的煩惱不在於收集故事，而是挑選故事。

對寵物主人來說，最頭痛的問題之一，就是沒錢讓飼養的貓狗接受治療。蘇珊．卡農很熟悉這種經驗。某個週末，蘇珊養的狗突然生了重病，她只能送牠去一家有急診服務的獸醫診所。然而在美國，就跟人的醫療照護一樣，寵物「急診」也是出了名的貴。那個週末結束前，蘇珊收到一張四千美元的醫療帳單，她根本不知道該怎麼付。

此外，她當時正經歷一場紛爭不斷的離婚手續，手頭很緊，而且信用不足而無法向第三方借款，那家獸醫診所也不接受分期付款。

如果深愛的對象需要醫療照護，你卻無力負擔，該怎麼辦？這是令人心碎的兩難局面。

愛犬雖然終究康復，但蘇珊永遠記得無力為寵物支付醫療費用的痛苦感受。這就是「獸醫支付通」的起源，這個平臺能協助獸醫為寵物主人提供更彈性的付費方式。

蘇珊和搭檔東尼．法拉羅負責營運獸醫支付通，而說故事就是銷售過程的關鍵環節。一般公司都以為，只要介紹服務的功能和好處就能達成銷售目的，但蘇珊深信，觸及目標客群的情感層面才是重點。她從一開始就運用自己的故事，說明寵物主人和獸醫碰上的問題，以及獸醫支付通能如何幫忙。

事情一開始看似順利，許多獸醫願意參加獸醫支付通，但某個問題逐漸浮出水面：她沒看到收入。雖然不少獸醫加入了會員，但收入沒跟著進來。

蘇珊和東尼意識到，問題源自銷售制度。雖然寵物主人只要使用這個服務就能為平臺帶來營收，但必須先透過獸醫轉介才能加入這個平臺。就算獸醫加入了獸醫支付通，除非利用這套系統來向寵物主人收取繳交的費用，否則平臺根本賺不到錢。換言之，獸醫必須完全投入這套系統，獸醫支付通才能成功。

「剛開始的時候，」東尼說，「我們一個月大約能簽到十個客戶，但這並不表示他們會透過我們的平臺來進行分期付款。他們嘴上說這個點子很好，但實際上根本沒使用。」

獸醫支付通面臨的挑戰，其實跟會員制的健身房剛好相反。健身房只需要簽到客戶就好，多多益善，之後就等著收月費，客戶有沒有來運動都無所謂；但是獸醫支付通不一樣，除非客戶真的有在使用這套系統，否則蘇珊就賺不到錢。

蘇珊一開始說的故事雖然有效，但無法解決銷售面的第二個問題：獸醫支付通必須有收入進來，蘇珊才能維持自己和愛犬的生活。你該如何說服獸醫在加入會員後真的使用這套系統？

只有故事才能解決這個問題。

但不是什麼故事都行，而是需要適合的故事。

任何故事與適合的故事

蘇珊的故事，以及她後來對目標客群說的故事，是經典的創辦人故事，而且內容精采，她是因為辛酸的個人經驗而決定創業，這個故事吸引人又真實。如果你想確認她是否全心全意投入這一行，這個創辦人故事一定能讓你放心。但這故事並沒有增加獸醫支付通的營收。加入會員不用錢，而且零風險，獸醫應該很願意參加，他們也確實加入了。但想讓獸醫願意「使用」平臺，就需要另一個故事，不僅要能說明這種服務有何價值、如何解決獸醫的煩惱，還得展示獸醫支付通就是這個煩惱的解決方案。

蘇珊和東尼知道這煩惱是什麼：獸醫常常必須心痛地拒絕治療一隻寵物，因為牠的主人無力付費。他們知道獸醫面臨其他醫護專家也有的所有挑戰和龐大壓力，但獸醫面對一個更特殊的問題：幾乎沒人買寵物保險。這行業基本上只收現金，而許多寵物主人根本負擔不起突發狀況的費用。

想像一下你是獸醫：你投入這一行，主要因為你喜歡動物，你完全能體會飼主和寵物之間的情感。但你的診所實際上就是一間小醫院，擁有診療設備、手術服務和門診照護。成本昂貴，你沒辦法無償照顧每一隻寵物。

寵物主人無力負擔愛犬的救命手術，那你該對他說什麼？你該如何讓生意能維持下去，並且盡量顧及所有寵物和飼主？

蘇珊考慮了客戶面對的兩難，調整了故事策略，改說價值故事，而這改變了一切。你如果依照狀況選出適合的故事，而不是以為什麼故事都行，這將帶來天壤之別。

如果你的目標是在家庭活動、跟配偶的朋友聚會，或在孩子的足球比賽場邊有更多故事可說，只要收集故事就行；但如果想策略性地說故事，尤其在商業層面上，那麼選出適合的故事就一樣重要。「挑選故事」的起點之一，就是我們在第二部討論過的四大必要故事，這個辦法十分直截了當，能把大量的候選故事縮小成能達成特定目標的少數幾個選擇。

我幫你準備了以下這份小抄：

- **價值故事：適合提升銷售和行銷效果**。
- **創辦人故事：適合提高自信，並讓自己顯得與眾不同**。
- **使命故事：適合凝聚並激勵團隊**。
- **顧客故事：適合改善銷售、行銷和可信度**。

從長遠來看，任何公司企業都需要這四種故事。任何一門長期經營的生意都經歷過「創立公司」「提升銷售」「帶領團隊」，以及「為顧客服務」的過程。此外，這四種故事在功能上並非彼此排斥。例如，精采的創辦人故事也能刺激銷售，精采的使命故事也能提高銷售額。這四種故事的功能有重疊之處，但如果把它們視為彼此不同的類型，會比較方便你選出適合的故事。

接下來，該問自己：現在最需要哪種故事？哪個目標最迫在眉睫？弄清楚目標後，把四大故事當成指南，整理你在收集故事時發現的所有候選故事，來判斷哪個故事會最有幫助。

蘇珊決定改說價值故事，帶來了微妙但強大的效果，而這也是獸醫支付通當時最需要的改變。蘇珊和東尼不再緊抓著創辦人故事，而是開始從獸醫口中收集一個個價值故事。這些故事表達了獸醫支付通能帶來什麼樣的價值：實現每一位獸醫最大的願望，也就是盡量挽救每一隻寵物。

成效很快出現。

「我們的客戶數量因此成長了三、四倍，」東尼回想，「宣傳活動上了軌道後，業績真的成長很多。如今因為故事而加入會員的獸醫，有九五%立刻開始實際使用我們的平臺。」

重點是目標客群

獸醫支付通這個故事的教訓是：想讓故事為生意帶來效果，故事的「挑選」和「訴說」一樣重要。光找到故事還不夠，也需要選出適合的，能符合你的需求、生意和目標客群。

目標客群是關鍵所在。

記住，故事不是為了說而說，我由衷希望說故事不是因為你愛上自己的嗓音。如果是為了生意而說故事，那你向聽眾說故事必定是出於某種原因。我每次跟一個想說故事的客戶坐下來商談的時候，一定會先提出兩個疑問：

① **你想對誰說這個故事**？

② **你希望他們出現什麼樣的想法、感受、認知和行動**？

這兩個疑問的答案，是「挑選故事」過程的關鍵部分。如果想確保潛在顧客認為你的解決方案最適合他們，故事就該展現你的能力、熱忱，並表達「顧客一定會想要我的產品」。如果目標客群是一家公司的決策者，他們在乎並懷疑你的產品，那故事該就說明你的產品表現得多麼優異，而且最好能列舉幾個原本抱持懷疑態度、後來一試成主顧的案例。

挑選故事的訣竅在於：找出目標客群和目標之間的交會處所在。仔細觀察收集到的所有特定時刻，再挑選出適合那個交會處的故事，你就能高枕無憂。

放下手機，好好觀察四周

本章我花了不少篇幅描述如何從往事中找出故事；找出你經歷過的特定時刻，稍微塑造一番，就能打造成一個重要訊息，並帶來重大成效。但我也必須告訴你，我最喜歡的一個找故事的辦法，其實是看著故事在眼前發生。

最近有次搭機，我看到一對年老的姊妹跟一名空服員，在「把行李放進上方置物櫃」的事情上發生爭執。起因好像是老婦請空服員幫忙把行李放進去，但對方說員工合約不允許自己這麼做。也許有人在這場爭執中動了拳頭？我不確定，畢竟我沒全程目睹，但想必發生了什麼重大事件，因為我就座時，空服員威脅說要把這對八十多歲的姊妹趕下飛機。

因為我不是從一開始就在旁觀看，所以很難判斷誰對誰錯，總之情況似乎有點嚴重。空服員把登機口的地勤人員叫來抓人時，老婦解釋自己和妹妹已經幾十年沒坐過飛機，不曉得這方面的規定有所改變。緊張氣氛立刻緩和下來，老婦接著說了故事，描述自己和妹妹此行是為了參加家庭聚會，因大夥將再次聚首而雀躍不已。

故事挽救了局面。空服員立刻放軟姿態，描述自己最近參加過的家庭聚會。老姊妹和空服員發現彼此都來自美國中西部，接著交換了更多故事和聯絡方式，還在飛機著陸後互擁。我旁觀這一切時，心想這裡發生的其實不只是一個故事，我目睹的這幾個故事，是關於顧客服務、貿然下定論、誤會，還有聽聞旁人的故事就能促成默契、理解和同理心。

我給這場互動做了一些筆記，心想有一天要把這故事說出來（嚴格來說，今天就是那一天，雖然原因跟我當時想的不一樣）。

我說這個故事是為了提醒你，我們周遭天天都有故事上演。既然你現在清楚知道故事的重要性和價值，希望你會跟我一樣對發掘新故事上癮。

為了滿足這個癮頭，你唯一要做的，就是放下手機，好好觀察周圍。任何讓你感到驚奇的一刻、讓你嘴角上揚的一刻、讓你有點火大的一刻，或讓你好奇觀看的一刻，都可能是故事，都是正在發生的故事好料。風險是什麼？當然是你看過就忘。想避免這種悲劇，就必須趕緊記下眼見、聽聞或目擊之事。

這個過程不用很複雜。其實呢，我記錄這些時刻的方法很邋遢。我有時候會把感想記在手帳（沒錯，我還在用手帳）、小筆記本（沒錯，我還在用筆記本），或手機的應用程式裡，有時候會用電子郵件把這些紀錄寄給自己，不然就是寫成故事發布在Instagram上，二十四小時後會停止公開並存進我的個人歷史，以便日後參考。我也會在餐巾紙、收據、手邊或包包裡任何一張紙的邊角迅速記下故事。

我的故事資料庫不算整齊美觀，也發誓遲早要改進，但就目前而言，我在乎的是至少用某種方式記下我看見什麼。你也該這麼做。

不管你選擇怎麼做，請花點時間記下周圍正在發生的故事，以便記得這些片段，以防日後需要把它們拼湊成故事。

等你找到你要的故事後……

當年那個說故事節，我即將歡迎恩師上臺前的那一刻，看到的應該就是這個：花了幾十年記下的故事片段，留待日後說出。

這當然就是差別所在：唐納德．戴維斯那份清單其實一點也不零碎，每個故事都準備好能說出來，因為他花了時間予以塑造。

這就是我們的下一步。

第九章

塑造你的故事

如何創造出精采故事，就算你以爲自己辦不到

想法來來去去，唯故事長存。

——納西姆．尼可拉斯．塔雷伯，知名作家

進行了前一章描述的步驟後，會獲得兩種東西。第一個是大批的故事構想，也就是潛在故事的種子，你能利用這些故事來吸引、影響並改變目標客群。第二個是單一的故事構想：判斷自己現在最需要哪種故事構想，並從收集到的大批選項中挑一個出來。

接下來要做的，是塑造故事，讓任何讀到、聽到或看到這故事的人，都會為之著迷。我把剛剛這句話再看一遍時，意識到除非你自詡為作家，否則這句話大概會讓你覺得很可怕。也許你比較喜歡方程式和公式之類的，又或許你確實喜歡寫東西，但上一次

寫電子郵件或產品描述以外的題材時，還在期望《LOST檔案》不會爛尾。

如果你覺得我根本就是在說你，那我向你保證，你絕對有能力塑造故事。這麼說不是為了拍馬屁，而是因為我見過最冷靜、最沒情緒、自稱像機器人的一些人，塑造出令人難忘的故事。他們怎麼做到的？就是利用本書解說的系統和環節。你已經知道這套公式，本書中的每個故事都讓你目睹了這套系統如何運作。不管你是不是天生就擅長說故事，不管你是不是數據狂，塑造精采故事是人人都能精通的簡單技能。

敘事架構和四大環節的實際應用

你一定還記得第三章解說過的敘事架構：

常態→爆炸性發展→新常態

是三個，不是九個。我覺得三好過九，因為九個太多了，三個比較輕鬆。我們將在本章發現，三個真的比較好處理。這三幕當中的每一幕都扮演了重要角色，並合力塑造出一個能吸引、影響並改變目標客群的故事。

你現在唯一需要的，是在前一章找出的故事片段、對全書不斷提到的四大環節的掌握，以及你選好的那個符合你目標的故事。這些要素都齊全後，就能開始拼湊出你的故事。雖然我平時是喜歡「從頭開始」的類型，但在塑造故事的時候，建議你運用在第八章學到的：從第二幕開始。

從第二幕開始：爆炸性發展

雖然爆炸性發展位在三幕敘事架構的正中間，但我發現故事通常是從這裡展開。你在前一章尋找故事片段的時候，當下想到的回憶和特定時刻，應該都是爆炸性發展。因為故事發生在我們身上的時候，通常處於中間階段才意識到這是故事；我們處於爆炸性發展時，才注意到故事正在發生。這其實很合理，因為「常態」顧名思義就是「尋常事態」。常態基本上不是故事，除非爆炸性發展發生，否則我們不太會注意到尋常事態，直到注意到常態、爆炸性發展和新常態之間的強烈對比。

正因為我們對常態視而不見，所以不太適合當成塑造故事的起點。我建議從爆炸性發展著手，然後往回追溯。

例如，沃基瓦價值故事中的爆炸性發展，是一個夢想成為運動健將的中年人開始使用該公司產品。財務顧問碰上的爆炸性發展，是小時候被母親逮到她「洗錢」。試圖向女兒傳授智慧的老爸，碰上的爆炸性發展是被女兒指出他腳上的襪子左右不一。這些經驗或爆炸性發展，若以單一句子或陳述來呈現，就不算是故事，沒辦法吸引你進入所謂的共同創造過程：在腦海中一同繪製相關情感和過程。

但爆炸性發展確實是個著手點。

你找出建構故事所需的轉捩點之後，就該回去起點。

回到起點：常態

建構故事的過程中，「塑造常態」是最有趣也最重要的部分。在這階段，你描述一個事件為何重要，並想辦法讓聽眾在乎。在這階段，你能大秀同理心肌肉，向聽者表達「我懂你」和「你懂我」。在這階段，觀眾、聽眾或讀者會靜下心來，卸下心防；你如果做得對，他們和你之間的界線就會暫時變得模糊，方便你跨越鴻溝。

你可能不知道，但我們人類最喜愛的就是這個階段。你的聽眾會很喜歡這種微妙的感覺：雖然一切看似按計畫進行，但某種情況似乎即將發生。你如果跟一個對「常態」格外敏感的人一起看電影，就會發現這種情緒放大了一百倍。小孩子就是這樣，我老公也是這樣，而且不只有驚悚片才有效！只要常態持續發展，這類觀眾就會幾乎沒辦法控制自己，他們非得東問西問，非得預測接下來會怎樣。常態的發展把他們搞得坐立不安，他們知道某種事件即將爆發，而且就是沒辦法忍耐。

商業故事雖然沒這麼戲劇性，但也一樣有效。

馬里科帕醫院執行長面對的常態，是在社區論壇看到一名流浪漢走進會場。得知會場人士友善對待那人時，我們深受感動。

麥當勞廣告中的男孩覺得自己跟父親一點也不像，所以當他終於發現彼此間的相似處時，我們深受感動。

某一位水球選手面對的常態，是他決定退出校隊前的整個故事。

這幾個案例上，爆炸性發展的效果完全取決於敘述者如何塑造常態，你和你的故事也不例外。好消息是，你在建構常態時，可以把四大故事環節當成檢查表：

有沒有描述鮮明角色的相關細節，營造出聽眾熟悉的畫面和聲音？有。

有沒有描述角色（或身為故事主角的自己）在事件發生時的情緒、感受、期望或想法？有。

有沒有描述事件的時間、地點：在餐廳？市政府？六月中旬的某個星期二？節慶期間的繁忙星期五？有。

最後，有沒有描述會讓聽眾覺得熟悉的細節？他們在聽故事的時候會對自己說：我感受到那種情緒。我能體會。聽起來滿真實的。沒錯。我懂。就是這樣。可不是嗎？

有。

聽眾連連稱是之後，爆炸性發展到來，故事描述解決之道、主角學到什麼教訓或意識到什麼，然後聽眾會說「噢——」。

就像《當哈利遇上莎莉》裡那句經典臺詞一樣，聽眾接下來的反應當然是：「那位女士點了什麼好料？我也要來一份。」

故事順利啟航：新常態

如果故事剩下的部分都安排得很好，新常態就會自行產生。你在這要做的是重點回顧，包括主角學到什麼教訓、這個故事對聽眾來說有什麼意義。你在塑造新常態的時候，由你自己決定想把訊息說得多麼直白。

曾是水球選手的高級主管並不是對聽眾明說「你們如果放棄，一定會後悔」，而是為新常態做總結時暗示了這個訊息。

沙漠之星創辦人做總結時，回想這輩子蓋的第一座堡壘，說他等不及想看自己和新客戶接下來會合力蓋些什麼。

財務顧問向潛在客戶保證，她會用小時候對金錢的那份熱愛對待客戶的資產。

塑造新常態時，重點是藉此讓故事頭尾銜接，回到序幕，但多了你在常態中欠缺的知識、智慧和理解。

就這樣。

你在塑造故事時只需要這些，而這就跟天下萬事一樣，熟能生巧。隨著時間經過，無論透過別人給你的意見還是自己的體會，你都會摸索出怎麼做有效、怎麼做沒用。如果你有幸能重複說出某個故事，像是用於推銷或訪談，那你該利用每次說故事的機會來評估哪些片段正中目標、哪些沒能引發共鳴，然後做出必要調整。

故事無需花招

這個塑造故事的辦法久經考驗，簡單明瞭，更重要的是百分之百有效，不需要搭配什麼花招。

我有次對一群行銷人員演講後，某人走向我，表情有點洋洋得意。

「妳換了配樂對吧？」他瞪著我，離我的臉只有幾公分。

「呃……啊……我……」我有些結巴，被他突如其來的疑問搞得莫名其妙。

這名男子甚至沒自我介紹，以為揭穿了我的把戲而興奮難耐。

「剛剛那個『改變後』的影片，妳換上了催淚配樂，對吧？」他又一臉沾沾自喜。

原來如此，我懂了。我在演講時拿某個品牌舉例，第一支影片描述他們「自以為在說故事」，第二支影片是他們「真的在說故事」，來比對兩者的差異，你大概也猜到差異很大，大到我眼前這位影像行銷專家不敢相信「故事」能造成這麼大的差別。他以為事情一定沒這麼簡單，以為我們一定為了強化差異效果而換了配樂。

「並沒有。」我也一臉沾沾自喜。配樂沒變，影片也沒變，只是故事版的影片稍微比較長，多了一些短片。兩支影片之間唯一的差別，是我們為第二支影片塑造了故事，並且說了出來。

只要故事塑造得當，無需花招就能發揮效果。這就是重點！

記不記得我說過，我在看胡安和莎拉那支口香糖廣告的時候沒開聲音？還有蘋果和百威啤酒的廣告根本沒有對白？

本書提到的其他故事發揮了效果，不是因為包裝精美或精心操弄，而是因為各個故事，都含有必要的環節，也按照了我們這套簡單的公式。

這就是說故事的美妙之處。故事可以只是「故事」。

想像一下，如果我們不帶著「我看穿你耍什麼花樣！」的態度看待每一件事，這世界會變得多麼美好。

故事該多長就多長

經常有人問我「故事該多長」。他們提出這個疑問後，談話接下來可能朝幾個方向發展。他們有時候會提到海明威（可能沒）寫的〈轉賣：嬰鞋，全新〉那個故事，我就會提到馬克．吐溫的名言：「我如果有更多時間，就會把信寫得更短。」這句話是表達把文章寫得簡潔遠比冗長困難。

但我最讓他們惱火的答覆大概是「故事該多長就多長」。

例如，最近有次走進機場的電梯，三個人跟著進來，是一名年輕女子和兩名年輕男子。他們要去四樓，我去五樓。

門關上後，女子轉向兩個朋友：「你們知不知道我爸媽現在在哪？」

兩個男生搖頭。

她說：「他們正在參加一場喪禮，向令人懷念的邁克叔叔告別，那是我爺爺一個朋友，死在珍珠港事件，遺體最近才被找到。」

電梯這時打開，他們三人離去，留我獨自在電梯裡，把掉到地上的下巴撿起來。珍珠港事件的陣亡者現在才被找到？我好奇得差點追上去，但是鋼鐵門扉已經重重關上，簡直就像在取笑我的好奇和遲疑。

幾十年來，無數銷售和行銷專家都試著解決「電梯推銷術」這個難題。與潛在客戶一起搭電梯的短短幾秒內，要如何提供足夠的資訊，引發足夠的好奇，好讓對方想知道更多？

這三名旅人當然沒打算推銷任何東西，而這就是重點。他們的電梯推銷術根本不是推銷，而是個故事。

你想想，這個故事有鮮明角色：女孩的爸媽，還有令人懷念的邁克叔叔。故事也說出了特定時刻（我爸媽現在在哪），甚至說出了珍珠港事件這個具體細節——就像艾特博比故事中提到約翰．甘迺迪，這種歷史事件能立刻讓人感到熟悉。

那晚從機場回到家後，跟我老公說了這輩子聽過最厲害的電梯推銷術，而且我向他坦承，我太想把故事聽完而差點追上去，幸好沒被電梯門夾斷胳臂。我們上谷歌輸入「邁克、珍珠港、遺體、找到」這幾個關鍵字，得知最新的ＤＮＡ鑑定技術終於能讓遺族安葬親人。而且，那天確實有一場告別式，那名年輕女子的爸媽很可能有參加。

說真的，我並不認為電梯推銷術很重要。這是很多人都聽說過的銷售技巧，但在現實生活中鮮少發生。不過那個故事揭露的道理是，故事並非越長越有效，而是該多長就多長。

我知道「該多長就多長」這種答案讓人火大，但這是事實。就跟電梯裡那個故事一樣，一個故事可能只有十秒長。相較之下，你如果參加過在田納西州瓊斯伯勒鎮舉行的全國說故事節，有幸聆聽著名說書人傑．奧卡爾拉講述自己所創造的〈大海雀之魂〉這個故事，你會在接下來的九十分鐘裡聽得如癡如醉。沒錯，故事可長可短，只要符合敘事架構，且各環節皆有。

我覺得最好的方式是從完整的故事開始，把它完整寫下，全盤說出，別做任何保留，然後修剪成適合你的篇幅。以下是幾個範例：

十秒故事

例如，昂蓬的故事可以寫成以下的十秒版本：

有個行銷經理因爲預算、技術力和掌控力方面的限制，工作起來事倍功半。他很沮喪，覺得自己不夠受到重視，而且說眞的有點火大。然後他開始使用昂蓬轉換器，如今工作起來得心應手。他擁有了所需技術，沒超出預算，也不再討厭自己的工作。說眞的，他算是重新愛上這份工作。

我們來仔細分析這個故事：

- 常態：工作起來事倍功半。
- 爆炸性發展：使用昂蓬轉換器。
- 新常態：工作起來得心應手、樂在其中。還有，注意到了嗎？常態中的「說真的」一詞也在新常態中出現，但感受完全相反。
- 鮮明角色：一位行銷經理。
- 情緒：沮喪、覺得自己不受重視、惱火。
- 時刻：開始使用昂蓬轉換器的那一刻。
- 具體細節：這個版本沒使用特定細節來讓聽眾感到熟悉，而是加入「火大」這個詞彙，讓聽者對角色有更深刻的認識，千禧世代比較會用這種詞彙來表達感受。

以下是獸醫支付通的十秒版本：

麗莎的畢生夢想是當個獸醫，但她現在才體會到一個令人心碎的事實：有些飼主手頭很緊，無法負擔摯愛寵物的醫療費。麗莎後來發現了獸醫支付通，現在不再需要擔心被迫拒絕治療寵物，而且能盡情去做自己最適合的這份工作。

我們也來分析這個故事：

- 常態：夢想當獸醫，卻沒辦法治療寵物，因為飼主無力負擔醫療費。
- 爆炸性發展：發現獸醫支付通。
- 新常態：她現在能治療所有寵物。注意到了嗎？我們在常態中提到她的畢生夢想，在新常態中提到她能盡情去做自己最適合的這份工作。
- 鮮明角色：獸醫麗莎。
- 情緒：心碎。
- 時刻：這個故事沒有包括特定時刻（這點不夠理想，但是極短的故事通常都會拿掉其中一個環節）。
- 具體細節：跟昂蓬的故事一樣，這個故事也沒列出具體的實質細節，但是「心碎」是大部分的獸醫都熟悉的具體情緒。

把完整故事濃縮成十秒鐘，這麼做相當極端，而且你在電梯裡跟旁人說話的機率也很低。商業故事通常是三分鐘到七分鐘左右，而且你的職責就是明智地使用這幾分鐘，盡量運用四大環節來建構常態，把聽眾拉進共同創造過程，協助他們在腦海中建構一幅吸引人的畫面，讓他們跟故事的情感以及處於緊要關頭的角色產生聯繫，促使他們說出「我明白那種感受」「我能體會」。

如果你做得到，時間就不再重要，因為它已經暫停。

如何避開塑造故事時常見的陷阱？

目前學到的敘事架構和環節雖然都簡單明瞭，但也暗藏一些常見的錯誤和誘惑。如果現在就看清楚它們，對你絕對有幫助。

陷阱一：塑造的故事不符合你的目標

二〇一五年，我為印第安納波利斯市的「聯合勸募協會」（以下簡稱「聯募會」）主持了一場工作坊。那天的聽眾幾乎都是募款負責人，這點既有趣也富有挑戰性，因為他們基本上就是專業的說書人。我的職責雖然是引導說故事的新手，但也能藉這個機會協助專業說書人提高這方面的能力。

募款者平時的工作其實就是推銷。為了幫聯募會籌到款項，募款者可能會跟決策者或捐款者一對一談話，也可能會對一群企業職員演說，總之都依賴說故事。

那次活動，我們花了一整天練習說故事。我在隔年的六月再次舉行活動，觀察學員有何進展，並進行更深入的訓練。他們說故事的能力已經實際應用了將近一年，是時候學習一些更高階的策略。

那天的活動計畫很簡單。四個人描述自己說過哪些故事，然後我們一起討論這些故事，予以改良，並討論哪些要素有效、哪些效果不夠好。

莎朗（化名）說了一個很美的故事：她剛成為聯募會的「朗讀故事志工」時，曾經關照過一個小男孩。認識之初，男孩極其害羞靦腆，但兩人相處一陣子後，他慢慢走了出來，變得越來越活潑。

這個故事無比精采，完美傳達了聯募會能帶來什麼樣的改變，莎朗也完全抓住了全場的注意力。大夥七嘴八舌一番後，我準備討論下一個故事，畢竟莎朗顯然知道該怎麼說故事。

但我正想歡迎下一個學員演講時，莎朗舉起手。「但我碰到的問題是，」她說，「沒人要捐款給我。」

「妳跟他們說的故事，就跟剛剛說給我們聽的一樣？」我問。

「是的，而且我知道他們很喜歡這個故事，有些人差點掉眼淚。」

我大惑不解。所以問題究竟出在哪？

「問題在於，」莎朗解釋，「他們聽了之後，都想當志工。」乍聽之下，這令人由衷佩服。招募志工是出了名的困難，聯募會也總是需要更多志工，但這不是莎朗的目標。聯募會需要經費，而莎朗的職責是募集經費。她的故事固然優美感人，但就是無法達到她要的效果。她的故事有產生效果，但不是她要的效果。

就像我們在前一章學到的，找到「某個」故事不等於找到「適合的」故事。我相信莎朗找到了適合的故事，它描述了聯募會如何改變一個小男孩的人生，這種成果完全符合莎朗想達成的目標。真正的問題在於「塑造」；我們重新檢討了她的故事，也立刻發現了問題。這個故事本身很吸引人，但故事中的訊息，或者該說聽眾認知的訊息，是「當志工能讓人感到滿足」。

她這個故事中的「常態」明確指出了身為志工的感受，她本身就是故事的鮮明角色，她的情感就是故事中的情感，特定時刻和爆炸性發展則是聚焦在「她意識到志工工作的價值」上。只要稍微做個變化，故事就能徹底改變：讓男孩成為鮮明角色，把焦點放在他的情感和改變上，讓聽眾明白「就是你們的捐款讓男孩得以改變」。但故事內容基本上還是一樣，只是塑造的方式變了。

莎朗遇到的是很重要的問題，也揭露了塑造故事的重要性。幸運的是，我們很少需要放棄一整個故事。你如果確信找到了適合的故事，但它的效果差強人意，就該仔細檢討你是如何塑造故事的。你選的角色是否適合？你安排的爆炸性發展是否支持你的目標？只須稍稍調整，莎朗的故事就能發揮功效，你的也能。

陷阱二：力求簡潔，刪除細節

「這個故事顯然還欠缺了什麼。」

一個朋友發了電子郵件給我，信上只寫了這句。那陣子他準備進行一場關於「財務獨立」的演說。我跟他合作，一起找到適合的開頭：小時候，祖母帶他去銀行，開了他這輩子第一個戶頭。

這個故事符合所有精采故事的要素。小時候的他就是鮮明角色（順道一提，大家都喜歡聽人家小時候的故事，尤其若對方是領導職），坐在銀行職員對面，桌上放著支票簿甚至糖果……這類細節能有效地把聽眾拉進共同創造過程。這個故事很完美。

朋友把草稿寄給他的編輯團隊，進行最後審稿，而一切就是在這階段分崩離析。團隊寄回來的版本雖然還是同樣的故事，但感覺味如嚼蠟，無聊到聽眾大概會納悶他說這故事要幹嘛。

「這個故事顯然還欠缺了什麼。」他說得沒錯。所以究竟欠缺了什麼？答案是所有的細節，能讓故事「像」故事的所有瑣碎片段。那群編輯把故事的細節刪光光，也就是我們研究發現能打造出精采故事的那種細節。原本栩栩如生的故事成了流水帳：男孩想買東西，男孩開了戶，男孩明白什麼是金錢。空洞又無趣。

不管你底下有沒有一群編輯，還是你就是手執紅筆的人，務必提防這種誘惑，別刪掉最重要的部分。你在本書學了這麼多，我知道你的腦子裡現在應該有個執著於「簡潔」的聲音對你說：把字數維持在一百四十個字元以內（順道一提，推特已經放寬到兩百八十個字元），影片別超過十五秒。就因為這種執著，你的故事裡最吸引人的部分可能不保。

如果你覺得故事可能欠缺了什麼，那最好檢查一下剪接室的地板，確保你沒丟掉最重要的部分。至於銀行那個故事，我們後來把細節放了回去，讓故事起死回生。沒錯，故事因此多了一些字，但那些都是最重要的字。

把最好的留到最後

塑造故事的辦法有許多值得喜愛的優點。這方法簡單明瞭，也很有效。但我最喜歡的優點，也是值得讓我寫下這個「how-to」章節的優點（我承認，我實在不太喜歡寫這種章節），是你如果使用這套辦法，所經歷的任何時刻、事件、認知，讓你忍不住「蛤？」一聲的任何事件，都能成為故事。

每次碰到的爛事，其實就是一個正在進行的故事。無論那一刻多麼微不足道，只要用我說明的方式去塑造它，讓它符合你想傳達的訊息，你就擁有了一個可用的故事。

我最近去了舊金山一趟，拜訪了小姑在一棟摩天大樓裡的辦公室。她帶我走過每個隔間辦公室時，向同事介紹我就是「我跟你說過的那個說書人」，每個人都心照不宣地面帶微笑。看小姑這麼捧我場，我心中浮現強烈的感激。我們走向一名女子，小姑把我介紹給她：「這位是我嫂子。我之前給妳那本關於故事的書，就是她寫的。」她指的是我在二〇一二年的一本故事集。

女子興高采烈地看著我。「『那個』故事！妳初中時跑去戶外的那個！我超愛那個故事。我常常想到它，它真的為我帶來很大的影響。」

我出於幾個原因而愣住。首先，我完全沒料到在小姑的辦公室裡會受到這種熱烈歡迎。但更重要的是，我不敢相信那個故事竟然有這麼大的影響力，因為那真的只是個小故事，我六年級時一個微不足道的時刻。

六年級對我來說是很辛苦的一年，那是初中的第一年，我跟同齡人相比算是怪咖，而怪咖在初中只會惹人非議。現在回想起來，我當時好像一個朋友也沒有。後來，彷彿在奇蹟安排下，鄰近學區的一所高中找我去演音樂劇《真善美》。

我飾演瑪塔．馮．崔普，七個孩子當中的老五。在我的認知裡，那個角色救了我的命。

雖然初中的孩子瞧不起我，但高中的孩子似乎喜歡我。在這齣音樂劇中，他們有些飾演修女，有些飾演納粹，還有一對姊妹飾演吟遊詩人。他們找我說話，跟我一同歡笑，鼓勵我，想跟我當朋友。在那幾個月裡，我覺得找回了自己。我可以當怪咖，可以想法與眾不同，而且似乎沒人介意。

在我差點失去自我的那一年，音樂劇給了我安全感，就像《真善美》的那句歌詞一樣，我安心地待在「由天籟之聲賦予生命的山巒」當中。音樂劇演了兩個週末，在最後那個晚上，我夢見舞臺布幕故障而無法落幕，音樂劇將因此繼續演下去，直到永遠，我能一輩子當瑪塔，或至少到六年級結束為止。

最後的晚上，我受邀參加演員的派對，地點是在飾演修女的一名高中生家裡。我當時雖然才十一歲，但爸媽還是讓我參加，畢竟那些高中生讓我的日子充滿喜悅。秋季的夜晚十分寒冷，派對主人的父親開著拖拉機，讓我們坐在乾草堆上，經過鄉下住家附近的田園和森林。之後，我們回到室內，坐在地下室裡，享用蘋果汽水、泡了棉花糖的熱可可、鄉村沙拉醬口味的多力多滋玉米片，還有披薩。

大夥正在享受的時候，飾演路易莎．馮．崔普（我在舞臺劇中的姊姊）的女孩拉起我的手，帶我來到前院。路易莎是我在舞臺劇中最喜歡的夥伴，她個子高瘦，一頭金色長髮，一雙明亮藍眸，臉龐就如椰菜娃娃般天真無邪，只是沒有嬰兒肥，而且她會唱歌跳舞還會開車。我們在草地上坐了一會兒，然後路易莎問我願不願意嘗試一種很酷的體驗。我說願意。這類故事的結局通常會是當事人第一次抽菸喝酒之類的，但我這故事不屬於那種。

路易莎叫我用四肢跪地，我照做，看見自己吐出的氣息凝結成霧。她叫我閉上眼睛，我也照做。她叫我感受手掌底下的大地，我感覺到：地面冰冷堅硬又潮濕，而且刺痛皮肉。此時正值秋去冬來，初雪將在幾天後到來，抹去我們在這留下的所有痕跡。

然後路易莎叫我想像：我不是跪在草地上，不是大地上的旁觀者，而是正在抓住大地；我感覺到掌心和膝蓋底下的寒地時，其實是把大地抓在掌心裡。她要我明白，在這一刻，在這一小塊土地上，我正在用自己的雙手撐起全世界。我睜開眼睛時，發現雙手牢牢地、死命地抓住草地。這個世界在我眼中成為新天新地。

然後路易莎輕聲開口，輕得宛如喃喃自語，彷彿知道身為十一歲孩子的痛苦、六年級生的痛苦、被逼著穿上運動胸罩的痛苦、被其他孩子殘酷對待的痛苦。她似乎知道，就算六年級結束了，這個世界還是會帶來痛苦。她自己也四肢跪地，呢喃道：這個世界令你不知所措的時候，你唯一要做的就是花點時間，用自己的兩隻手抓住這個世界。如此一來就會知道，你在這世界上依然有立足之地。就算你的雙手只是扎根於這一小塊土地，世上還是有能讓你安身立命之處，你的未來依然充滿無限可能。

我在舊金山那棟高樓裡的辦公室，想起那個故事、那一刻、那個感受。看到這件往事反映在小姑同事的眼裡，我想起那一夜，想起自己身為瑪塔的最後幾分鐘裡，跟路易莎手牽手回到屋內，我們倆的眼睛在濕潤夜風中閃閃發亮。然後我想起，六年級那年的那五分鐘，給我帶來了多大的變化。

這種事天天都發生在我們身上。小小的教訓、小小的事件、我們在幾分鐘內學到的新事物或領悟、我們原本可能忘掉的那幾分鐘。

但差別在於，你現在成了說書人。

你現在知道：故事才是最重要的。

你現在知道：你說的故事越多，就會越拿手。

你可能會擔心你擁有的故事不夠多。如果你只有一、兩個故事，而你想要更多？你該如何取得？

我在六年級經歷的那個故事，就是你唯一需要的擔保，因為那一刻原本可能隨著歲月流逝而消失。小姑那名同事之所以在乎那個故事，完全因為我在塑造它的時候，是以那場爆炸性發展為中心。

這就是「塑造」的力量。你已經掌握了敘事架構和經過研究證實的四大環節，故事的長度並不重要，細節看起來多麼微不足道也不重要，只要塑造得好，任何故事都能成為好故事。

我希望你說出你的故事。

這就是我們接下來的課題。

第十章

說出你的故事

在何時、何處、用什麼方式說出故事

說故事這回事如營火般古老，也如推特般年輕。你能否打動人心，端看人們覺得你是否可信。

——理查．布蘭森，維珍集團創辦人

如果一棵樹在森林裡倒下，但沒人在場聽見，那它究竟有沒有發出聲音？這是個歷史悠久的大哉問，在你的故事上也成了很重要的問題。如果你找出屬於自己的故事，也努力塑造，但就是不說出來，那故事還重要嗎？樹倒的問題雖然有待商榷，但在說故事這件事上的答案倒是相當直截了當。答案是「不」。

在說故事這方面，你如果只是「知道」你學到的東西，卻不拿來運用，那你知道的東西對你來說便毫無幫助。知識本身並不是力量；如果不把你的故事說出來，它們只是白白占據了你的腦容量。

好消息是，讓你說故事的機會多得是，而且會持續增加。我舉個例子，《華爾街日報》最近一篇報導指出，現在有些公司印製夾頁廣告，願意付錢給連鎖百貨公司和電子商務公司之類的零售商，把夾頁廣告塞進商品包裝裡。既然你願意花那麼多錢打廣告，還不如說個故事，讓錢花得更值得。

無論產品是穩潔、大力膠帶，還是高級香檳，一個說得好的故事能解決商業界和其他領域面對的一大堆挑戰。簡單來說，**不知道該怎麼辦的時候，說故事就對了**。這就是我這二十年來的最高指導原則。

另一個例子：我以前當過飛輪教練。先鄭重說明，這份差事比你想像的更辛苦。你在一小時的課堂上得處理一大堆事，必須記住所有動作，調整照明，喊出指示，調整音樂的音量，在學員真的很想死的時候鼓勵他們活下去；還有，沒錯，你的心肺功能必須跟超人一樣強。

這還只是上課的時候。身為飛輪教練，最大的壓力應該是提前準備播放清單。我不知道你有沒有上過音樂有夠爛的健身課，那應該當成給邪惡獨裁者的無情懲罰。

我永遠忘不了第一次準備播放清單的恐懼感。學員會喜歡嗎?他們如果討厭小甜甜布蘭妮和傻瓜龐克怎麼辦?我每星期坐上教練專用的飛輪車時,都會為此忐忑不已。為了減輕這種緊張,我出自本能地開始說故事。每回合開始前,學員忙著喝水的時候,我會用故事介紹接下來要放的音樂,各個簡短有趣,也讓課程多了一些內容。所以,學員就算討厭凱莉.米洛,但超喜歡我說的故事:跟麥克開始交往前,我去機場接他,在車上大聲放凱莉.米洛的〈忘不了〉,借此對麥克做出巧妙暗示。

星期日上午九點半和星期三晚上六點四十五分的課,從原本的小貓兩三隻漸漸變得學員滿堂,甚至有人因為擠不進來而被迫打道回府。兩年後,我教最後一堂課的時候,學員說他們會很想念我的課,但最想念的會是我的故事。

如果你不知道該怎麼辦,說故事就對了,可以透過電子郵件、電郵宣傳,可以把故事留在他們的語音信箱裡,可以用你的自動回覆訊息說故事,可以在會議、在網路研討會、在線上說故事。二〇一四年,Adaptly、臉書和時尚網Refinery29,這三家社群媒體廣告公司合力進行了一項研究,發現如果說出品牌故事、透過一連串訊息來吸引顧客,會比傳統的推銷方式更有效;不只是更有效,而是有效許多——故事促使的瀏覽率和訂閱率是傳統方式的九倍。

所以,說故事吧,說、說、說!成為人們想聽故事的對象,就算他們搞不太懂為什麼喜歡聽你說故事。你知道為什麼：因為人就是喜歡聽故事，就是想要故事。所以你該放手去做，讓他們如願以償，說出你的故事。

以下幾個技巧，能讓你判斷在何時、何處、用什麼方式說出你的故事。

在演講中說故事

最用得著故事的場合之一就是演講。不管是辦公室每週一次的五分鐘簡報，還是為了簽下千萬元訂單所做的推銷，故事都能改善你的演講內容和成果。以下是幾個小撇步：

用故事當開場白

當時是個星期四的下午，我難得跟三五好友酒聚，雪莉是其中一人。她是某行業的專家，最近開始在相關大會上演說，這種曝光率讓她的生意蒸蒸日上，但她從不把自己視為專業演說家，所以每場演講都令她緊張兮兮。她問我有沒有什麼建議，而你大概猜到了，我建議她說故事。但我給她的具體理由和策略一定讓你意想不到：我叫她用故事當開場白。

我要她踏上講臺、向會場打完招呼，就立刻說個故事。為什麼？首先，這能化解聽眾和演說者之間偶爾出現的緊張氣氛。演講的本質，像是為了推銷或銷售，有時會很自然地在雙方之間形成隔閡；有些時候，聽眾的本質會使環境帶有一些敵意。也許聽眾大多是業界專家，所以會對你這個所謂的「專家」抱持懷疑態度。無論如何，用故事揭開序幕，就能消除這些隔閡，讓聽眾覺得你跟他們一樣是普通人，而不是被迫聽你這個專家長篇大論。

所以我鼓勵雪莉：別說關於自己和專長的故事，而是說個以顧客為中心的故事，因為客戶的遭遇很可能就是聽眾本身的經歷。另一個選擇是，說說關於孩子的故事。我們在前面幾章學過，透過孩子學到的教訓，只要跟演講主題有關，這種故事不僅能傳達重點，也能化解聽眾的緊繃情緒。

用故事開頭，其實也能讓自己的情緒平靜下來。「公眾演說」意味著你必須站在眾人面前、接受他們的批判和批評，而這常常會引發「戰或逃」這種自保本能。但如果用故事當開場白，就能立刻答覆這項本能唯一在乎的問題：聽眾喜歡我嗎？

如果用人們喜歡聽的故事來開場，就會發現他們很自然地投入其中，點頭稱是，放下原本抱在胸前的雙臂，甚至偶爾呵呵兩聲。這些舉動不僅對聽眾本身來說是正面體驗，也會讓你的自保本能知道「沒錯，他們喜歡我」。這個疑問獲得解答後，接下來的演講就會輕鬆許多。

雪莉感謝我給她的建議，並發誓會實際應用。四天後，她發了簡訊給我，我迅速瞄一眼，只見訊息塞滿表情符號和大寫字母，她顯然仍處於演講後的亢奮狀態。她寫道：「我在演講一開始先說了我女兒的故事，結果效果好到爆！」演講結束後，聽眾一窩蜂圍在她身邊，紛紛表示這是他們聽過最棒的演說。而這場演講其實從一開始就注定成功。

圖像會消除想像

我在剛開始進行職業演說的時候，曾一度拒絕使用PowerPoint之類的投影片。我當時聲稱這是因為我是說書人，強項就是無需科技設備也能做出成功演說，但真相是，我對PowerPoint之類的科技設備懷有強烈恐懼。然而，經過幾場演講後，明確感覺到聽眾雖然喜歡我的故事，卻很難記住我傳達的一些重點。所以我勉強開始使用PowerPoint，現在幾乎每場演講都會使用投影片。我也堅信，只要用得好，投影片是效果極佳的工具，能方便你和聽眾記住目前的主題是什麼。

請注意，剛剛那句裡有「用得好」這三個字。這點很重要，因為如果「用不好」，你的演說之夢必定就此終結。以下是幾個關鍵建議，以確保你的投影片和故事能完美配合。

第一，**確保投影片當中有留給故事的專屬空間**。你可以把這種特殊投影片當作提醒你「在這裡說故事」。例如，如果要描述創立公司的那一天，可以準備一張只有公司商標的投影片。聽眾看到的是商標，但你看到的是「在這裡說故事」的提示。把這種投影片安置在演講過程中，好讓你記得把話題從列表、數據和資訊轉移到能強化訊息的故事上。

第二，這種**投影片雖然是提醒你「開始說故事」的好幫手，但必須慎選圖像**。你如果必須看著投影片上的圖像來說故事，而不是將內容牢記於心，敘事就會出問題。別忘了，聽眾是在潛意識中決定自己為何喜歡某個故事。你說故事時，每個聽眾都會在腦海中想像出相應的畫面，這來自他們人生當中的重要素材和體驗。到最後，聽眾心裡將是「你的話語」和「他們自己的回憶」的混合體。

而訊息就是這樣才能深植人心。

這就是為什麼提醒你務必慎選圖像。很多人在說故事的時候，會很想在投影片上展示故事提到的相關照片。故事是關於你的孩子？看啊，這是我孩子們的照片。故事是關於你去滑水？看啊，這是我滑水的照片。你可能覺得這樣搭配照片很合理，但這麼做會讓聽眾略過認知過程，破壞共同創造過程的效果。你如果直接讓他們看畫面，他們就不會去自行想像，等於親手破壞了讓他們參與其中的效果。

我聽過一名演說者描述他的夢想之家，而且敘述得很生動，例如房子有多大、窗戶設計得有多美、窗外的街景是什麼模樣。他描述的是他的夢想之家，但我想像的是我自己的夢想之家。然後他直接在大銀幕上展示那棟屋子的照片。他說：「瞧，這就是我的夢想之家。」

我看著那張照片，心想：噢，跟我想像的不一樣。他為了把我拉進共同創造過程所做的努力，在那個瞬間全都化為泡影。

為了避免這種錯誤，在演講中說故事時，別依賴投影片上的圖像，而是得靠自己的口條。別展示孩子的照片，而是用話語描述就好；聽眾一定會開始想像自己的孩子，不管你的孩子跟他們的孩子多麼不一樣。在挑選投影片圖像時，盡量選籠統一點的畫面，**讓觀眾保有想像的空間**。

好消息是，說故事時搭配投影片，簡直就是如虎添翼。這種組合能同時滿足視覺取向和聽覺取向的聽眾，只要安排有效的提示，用自己的話語說出故事，而不是依賴大銀幕上的圖像。沒人喜歡看你曬全家出遊照，在你的演講上也不例外。

熟能生巧，但熟過頭也不妙

二〇〇八年，我有幸受邀前往田納西州瓊斯伯勒鎮，在一年一度的「全國說故事節」盛事上演講。

對傳統說書人來說，這場活動就是說故事界的超級盃。只要表現得好，就會有一大堆人邀請我說故事，讓我享受說書的榮耀；但如果搞砸，我就會永久被世人遺忘。這種事沒有第二次機會，八分鐘將決定我的說書生涯是成功還是成仁。

我立刻開始練習，天天練，練習每個字，一起床就思考要說的故事，開車時對著後照鏡說故事，洗澡時也說故事。每晚睡覺時，腦子裡是自己不斷說故事的聲音。

演講那天到來，我的練習獲得成果：我把故事說得完美無瑕，一個詞也沒忘，說話時沒嗯嗯啊啊，沒結巴也沒吃螺絲。主持人謝過我，然後我在工作人員的護送下走下講臺。

在回家的路上我知道自己搞砸了。

田納西州這個說故事的重大機會，完美證明了我們如何破壞自己說故事的本能。我那天輸了，不是因為練習得不夠，也不是因為連連犯錯，而是因為我練習得過了頭。

我敗給了「完美演說」這個迷思，以為說故事就是熟能生巧。但現在，就像〈金髮女孩和三隻熊〉的故事（按：講述金髮小女孩走進三隻熊的房子，發現當中有三碗粥、三張椅子及三張睡床，最後她揀選了最合適的粥、椅子及睡床。經濟學中意指剛剛好，不過冷也不過熱），我希望你能在「練習充分」（即興演講的下場幾乎一定很慘）和「熟練過頭」之間取得平衡，讓你的故事剛剛好。那該怎樣達到「剛剛好」的境界？

重點是**把精神放在訊息上，而不是用字上**。多想想你打算透過故事傳達的訊息，而不是臺詞的每字每句。沒錯，你是該練習，也必須練習，但練到準備好就好，而不是練到完美。留點空間給臨場發揮，讓聽眾做出反應。如果不緊抓完美不放，它就不會緊抓你不放。

時至今日，在我寫下這句話的這一刻，全國說故事節還是沒邀請我回去演講，但我仍希望那一天會來。

想出人頭地？說故事就對了

不管你現在處於什麼職位、想追求什麼職位，想升職還是求職，都會遇到各式各樣的面試，面對一項很可怕的任務：對抱持懷疑態度的對象說明你是什麼樣的人，能貢獻出什麼樣的價值。你要如何回答這兩個疑問？答案是說故事。

幾年前，有個叫麥特的年輕人聯絡我，他知道我的領域是說故事，也看過我的一些作品。麥特是戰機飛行員，他寫信給我的時候，正要從軍事飛行員轉型為民航飛行員，而且準備接受面試。

我是後來才知道這種工作多難被錄取。很多人都想當民航飛行員，競爭也異常激烈；職缺通常只有一個，應徵者卻大排長龍。為了獲選，麥特清楚知道必須表現出自己跟其他那些「捍衛戰士」之間的不同之處。

你大概也猜到了，應徵過程有許多步驟，其中之一是場很嚴格的面試。他決定採取說故事這個策略。

「稍微自我介紹一下。」麥特沒有不知所措，而是已經準備好故事來描述自己的能力、熱忱和人品。

「說說你面對過什麼樣的壓力、你如何反應。」麥特也準備好了相關的故事。

「你覺得最重要的領導能力是哪些？」麥特在這方面也有故事。

為了給人留下深刻印象，為了跟這群嚴格的面試官建立某種默契，為了在競爭對手當中脫穎而出，他為每個疑問都準備了故事。

面試是在早上進行，之後麥特接受了筆試，然後進入一場痛苦的等待遊戲，到下午三點半才結束。在這天結束前，麥特獲得聘用，進入的航空公司是每個夢想成為飛行員的人都會選的第一志願。他那天晚上寫信給我，說他運用了我的一些說故事策略，得到了夢寐以求的工作。

他的訊息對我來說是很重要的提醒，我現在把這個教訓傳授給你：千萬別小看你的故事能帶來多少競爭優勢。遇到重大賭注的時候，如果準備好說故事，就能看著成果水到渠成。

說出你覺得適合的故事

幾年前，我曾經跟一家名叫「靈魂載具」（Soul Carrier）的公司合作，他們當時創立不久，專門生產女士使用的獨特手提包。靈魂載具當時用了一支影片來說故事，雖然影片本身製作得不錯，卻犯了說故事方面的經典錯誤：它的內容不算是故事。

我協助靈魂載具重新製作那支影片，故事描述一名年輕女子失去了父母，並一度失去方向。這個強而有力的創辦人故事觸及了失去親人、尋找方向、救贖等題材，內容感人、原始又真實，而且是真正的故事。

這是較為極端的故事，我在演講時常常拿靈魂載具當例子，為了清楚說明「說故事」的影響力有多大，也為了闡述一個次要的教訓：

你只該說覺得方便說出來的故事。

我是在最近一場活動上碰到這個教訓。那天，在結束一場演講後排隊拿自助午餐時，有個女子來找我。她在一所遍及全國、極為知名又成功的特許連鎖學校擔任領導人，因職責所需經常要向人們描述學校的教學方式、價值和影響力。那天她向我表達一些關切，她認為靈魂載具的故事有點太私人，像在消費創辦人的個人經歷。

她說她在這方面有數以百計的故事，許多學生來自破碎的家庭和艱苦環境，卻依然能成長茁壯。但她不願說出這些故事，她覺得這侵犯了個人隱私，利用這些故事是錯的。

我從她的口氣聽得出來，她對這種做法感到不安。我猜有人建議她說出這些故事，畢竟這是人們很想聽的故事，例如創業家如何排除萬難、打下一片天。但無論一個故事有多精采，有時候它就是不符合中心訊息，而有時候你就是不願讓世人知道這個故事。

如果是這樣，我會建議你別說出來。

我把第二個雞肉塔可餅放進自己的餐盤時，就是對這名教育工作者說「別說那些故事」。

她看著我，有點驚訝。

「只說妳覺得適合、可以說出來的故事。」

當然，這不表示她什麼故事也不用說。我建議她說說照顧那些學生的老師們，老師的故事其實更符合她想傳達的訊息。她的聽眾大多是教育工作者，她演說的內容都是描述該學校的創新教學模式和工具如何取得良好成果。

你知道自己該說故事的時候，這種認知其實會造成某種壓力，而且很多人有個誤解：如果知道一些很戲劇化或很痛苦的故事，就必須說出來。但我們在前面兩章學過，「故事適不適合」就跟「把故事說出來」一樣重要。此外，更重要的是，你的故事屬於你自己，只有你能選擇說出哪些故事。我希望你選擇覺得適合的故事，我希望你冒一次險，把故事說出來。

別妨礙你自己

接下來是最後一個會讓你驚訝的事實。回顧一下這輩子的順遂時光，大概會發現你當時正在說故事，那是你最開心的時候，精神最好的時候。你完成了一筆交易，贏得了某個女孩或男孩的芳心，獲得了某個工作機會，而那時候的你大概正在說故事。

你擁有精采故事的時候，常常是在說了之後才意識到自己說出來。你擁有精采故事的時候，說出它就跟早上起床一樣自然。我們對「說故事」感到恐懼，是因為沒人教導、告知，甚至允許我們使用自己天生的說故事能力和風格。這個世界不鼓勵我們說故事，而是鼓勵我們寫報告，挖掘真相，展現工作過程，把格式寫對，講話的時候別嗯嗯啊啊。

只要把故事本身準備好，你就會自然而然地把它說出來。你有多少次跟朋友邊喝酒邊說故事？關於你的孩子多麼可愛？關於你失戀多麼痛苦？你當時一定是以大師級的口才說出那個故事，因為你就是大師！說故事是人類得天獨厚的能力，而你唯一要做的就是別擋自己的路。幾乎所有跟「說故事」有關的問題都不是跟「故事」本身有關，而是說故事的人妨礙了這個故事。你只要找到一個能讓你產生共鳴的真正故事，它幾乎就會把它自己說出來。

—結語—

圓滿結局其實只是序幕

精采的故事，是發生在說得出這種故事的人們身上。

——艾拉．格拉斯，電臺主持人

我兒子兩歲半的時候，雖然對卡車不太感興趣，但睡前都會要我唸《晚安，工程車晚安》給他聽，這是一本押韻童書，不用半小時就能讀完。有好幾個月，連續幾百個夜晚，我的寶貝兒子會穿著小小的睡衣，坐在我的大腿上，我試著用他應該不會注意到的各種辦法把故事縮短一些。

但孩子就是會注意到。

有天晚上我真的受夠了。他抱著《晚安，工程車晚安》爬到我膝上的時候，我苦苦哀求他。

「拜託，求求你，我們能不能換一本？」

「我想聽《晚安，工程車晚安》。」他回話。

我心想，邪惡的小小獨裁者。「小鴨那本怎麼樣？還是《月亮，晚安》？」

「《晚安，工程車晚安》。」他顯然拒絕商量。

就在我自己也想發兩歲半孩子脾氣的時候，想到一個主意。

「那我說自己的故事給你聽好不好？」

我以前從沒試過這招，但本人可是專家。

「《晚安，工程車晚安》。」

「你想不想聽聽媽咪小時候的故事……」

這個霸道的小國王遲疑了。我抓住機會。

「我小時候啊，夏天的晚上會躺在床上，等太陽去睡覺、天空變暗後，我再悄悄下床，偷偷溜出家門。我那時候住鄉下，到處都是樹和高高矮矮的草，深藍色的天空看不到盡頭。我仰望天空，能看到無數個一閃一閃亮晶晶。我喜歡夏天的夜晚，是因為我能走進溫暖濕潤的空氣中，踩在涼爽潮濕的草地上。在我周圍的黑暗中，好多好多小小的綠光飛舞……是螢火蟲！」

我跟兒子描述我跟螢火蟲一起玩耍，我抓住牠們，牠們在我手上爬來爬去，還鑽進我的頭髮。我跟兒子說，我會跟螢火蟲說晚安、明天見，然後躡手躡腳地回房睡覺。

這個故事沒有複雜劇情，嚴格來說根本沒劇情。故事很短，也不需要動用任何想像力，我只是說出小時候最開心的回憶之一。

這個故事發揮了效果。兒子靜靜坐著，默不出聲，好像連呼吸也不敢。現在回想起來，他當時的模樣，真的就像他父親幾年前在斯洛維尼亞那間店鋪裡那樣，那是他兩年半的人生中第一次被徹底抓住注意力。故事說完後，他要我再說一次，然後再一次。

「跟我說螢火蟲的故事，媽咪。」

從那天起，我們再也沒提到《晚安，工程車晚安》。

只有故事能滿足這孩子——我的故事、他父親的故事、他爺爺奶奶和外公外婆的故事。我如果不了解故事的威力，八成會責怪自己養出一個難以滿足的小怪物。你可以試試看，在他睡前餵他小金魚香脆餅或蘋果泥，一定會被他丟回來。他想要的是故事。

當然，我知道這不是我的錯，而且他真的不是怪物，這大概就是重點。我兒子想聽故事，因為他是人類。雖然他現在不再是兩歲孩子（而且他經常指出他已經快比我高了），但他還是想聽故事。他想聽他父親小時候受傷的故事，想聽我以前最喜歡什麼活動。

他第一次被木屑扎到的時候，拒絕讓我拔出來，而是焦急地試著判斷接下來會怎樣。我開車送他上學的路上，他用顫抖的嗓音問我：「媽咪，能不能跟我說妳被木屑刺到的故事？」可惜我沒有這種故事，至少我想不起來。他失望地進教室，手上依然扎著木屑。我打電話給麥克。

「兒子想聽被木屑扎到的故事，可是我沒有啊！我真是個失敗的媽媽。」

「噢！」麥克答覆，「我有這種故事。」麥克小時候常常乘船出海。「我總是赤腳在碼頭上跑來跑去，所以常常被木屑扎到！我回家後跟他說這個故事。」

這個通話不僅證明了我跟麥克是天造地設（雖然他超不愛逛街），也明確指出了人生就是故事。這是我們每天一點一滴累積的真實故事，為了試著理解這個世界，找到自己的立足點，也許順便獲得一點幸福。

我兒子要求聽故事，是為了理解他碰過或遲早會碰上的遭遇。我們並非只是習慣說故事或需要故事，而是我們自己就是故事。

你在生意上說故事的時候，記住這點：說故事並不是搞「重新發明輪子」這種多此一舉之事，而是浸入時刻流淌於我們腦海和人生的故事之潮。這種潮水值得你沉浸其中，無論商業界還是其他領域。

北卡羅來納大學教堂山分校，以及紐約州立大學水牛城分校，在二〇一六年進行了一項研究，發現擅長說故事的人更有吸引力，並明確指出：女性覺得擅長說故事的男性更具魅力也更適合長期交往。研究人員的推測是：「說故事的能力反映了男性能否取得資源。擅長說故事的人更可能影響他人、獲得更高的社會地位。」

不管你是為了陪伴家人、找對象，還是在工作上出人頭地，故事都是首選。畢竟，說故事高手更可能贏得工作，贏得合約。贏得訂單，贏得男孩，贏得女孩。

說故事高手能克服萬難，獲得全場的目光，捕捉注意力，贏得盛讚，令人感動落淚。

說故事高手能跨越鴻溝。

只要成為說故事高手，就能縮小「現況」和「目標」之間的差距。無論在生意還是生活上，你都能拉近「現況」和「目標」之間的距離。

從前從前……

既然你我共處的時光即將告一段落、你要趕著去搭橋，就讓我留給你一份臨別之禮，是自古以來許多故事都用過的開頭。你也許會說：「這些都是很棒的故事，可是用『從前』二字開頭的故事通常是童話故事，不是真實故事，也絕不是商業故事。」

但「從前」確實發生過一些事，發生在你身上，也可能在你的搭檔、員工、供應商、顧客身上……

從前從前，你因為行銷失敗而身無分文，後來……

從前從前，你一貧如洗，後來……

從前從前，有批重要貨物被海關扣留，後來……

從前從前，你夢想成為生意人，後來……

「從前」不只用在童話故事，因為「從前」其實是個序幕。

這是所有故事的共同點，無論真實還是虛構，每個故事都需要從某個時間點開始、都需要一個開頭，而麻煩在於它看起來有時候像「落幕」。事情失敗了……落幕。構想完全無效……落幕。而你如果知道「序幕」常常偽裝成「落幕」，就能獲得最大的自由。

我知道很多人害怕說故事。我們有時候根本不知道該說什麼好，有時候則是腦子裡有太多彼此衝突的點子，害我們僵在原地。我們很容易因為紙上一片空白或會場擠滿聽眾而不知所措，有時候就連最頂尖的說書人也會僵住。但往前走的辦法都一樣，就是踏出第一步。

你我這趟旅程用「從前」二字畫上句號，聽起來也許古怪，但我覺得很適合，畢竟這個故事、這本書的落幕，對你來說其實是序幕。

從前從前，我讀了一本如何在生意上說故事的書，後來……

如何選擇四大類故事的快速查詢表

	價值 故事	創辦人 故事	使命 故事	顧客 故事
效果	提升銷售與行銷成果	提高投資者、搭檔和職員對你的信心	凝聚團隊和組織成員	促進銷售與行銷成果
主要目標 聽眾	潛在顧客／既有顧客	利害關係人	職員、團隊	潛在顧客／既有顧客
該由誰 來說	銷售與行銷人員	創辦人	領導層、高級主管和經理	顧客和公司

作者鳴謝

我雖然以前就猜到自己遲早會寫書，但完全沒料到要讓一本書成真，會需要一整個團隊付出大量的時間、心血和犧牲奉獻。

我先從年紀最小的兩位開始謝起：我可愛的兩個孩子，阿諾和艾格尼絲，謝謝你們在這本書上投入了自己的人生。在我想趕完某個章節的時候，謝謝你們超有耐心地多等我幾分鐘。謝謝你們陪我腦力激盪，構思每個章節的標題和封面設計。在我終於寫完初稿的時候，謝謝你們真心誠意地陪我慶祝。謝謝你們陪我跑遍全國推銷這本書；預購人潮排了好幾小時長的時候，你們甚至願意略過午餐，還自己去找廁所。謝謝你們跟老師、同學和機場休息室的叔叔阿姨推銷媽媽寫了書、他們應該去買來看。對任何媽媽或作家來說，你們兩個是世上最棒的六歲和七歲小孩。

這本書能夠問世，真的也要感謝曾聆聽我演講的所有與會人士，雖然我連你們叫什麼名字都不知道。感謝你們聽我演講，提出疑問、分享各自的故事，並帶給我挑戰，促使我把說故事的本能打造成實用的訊息。雖然我在演講時因燈光太強而看不清各位的臉孔，但我感受到你們散發的能量。要不是因為你們，我恐怕不會有今天的成就。

我也要感謝讀過初稿就願意推薦本書的那些人。那是我最脆弱的時候，而你們的鼓勵之詞給我帶來了天大的幫助。我願意承認，有一、兩次因為收到這種訊息而興奮得從椅子上摔下來，但那些瘀青都是值得的。

我永遠忘不了第一次聽說凱西·史奈德這號人物的那一刻，她後來成為我的經紀人。我當時在機場的登機門，跟曾擔任《柯夢波丹》總編輯的凱特·懷特講電話，她慷慨地提供了一些關於出書的建議，並提到有個朋友最近轉行當經紀人，任職的經紀公司想提高商業書籍的出版量。幾天後，我跟凱西通了電話。幾星期後，我在她的辦公室見到她，幾分鐘後我就知道她是最適合的人選。謝謝妳的努力和精神上的支援，出版社的工作真不是軟弱之人挺得住的！凱西，我們一個是新手作家，一個是新手經紀人，設下的目標雖然很艱難，但我覺得成果值得我們自豪。我也深深感謝克里斯·普萊斯提亞、茱莉安·提納利，以及整個JRA團隊。

由衷感謝丹·克萊蒙特。這是我第一次把腦子裡的話語寫在紙上，而你在這個過程中提供了大力協助。天下最慘之事莫過於盯著空白頁發呆，但你從一開始就確保了我的空白頁必能填滿。非常感謝貝絲·汪德和克莉斯汀娜·布魯恩在緊要關頭出現；截稿日迫在眉睫、時間所剩無幾的時候，兩位伸出援手，這讓我永生難忘。

我也永遠忘不了第一次跟我的編輯潔西卡談話的那天。當然，她當時還不是我的責編，而是負責面試我，看我適不適合。那場面試是透過視訊，我在心理和身體上都緊張得大汗淋漓。潔西卡無懼於提出不容易回答的問題，並迫使我說清楚這本書是什麼樣的內容、哪種人會想讀。那通視訊結束後，我筋疲力竭地癱在椅子上，當時就知道只要潔西卡答應，這本書一定會很精采。她答應了，這本書也果然精采。因為潔西卡，我也獲得整個 HarperCollins Leadership 團隊的支援，包括傑夫、阿曼達、希拉姆、西西里和其他人。謝謝妳對我還有我想傳達的訊息充滿信心，也謝謝妳相信我一定能把這個訊息呈現在世人眼前。

謝謝我的內部團隊：蒂芬妮每天協助我在 Instagram 上說出我的故事。梅格在社群媒體上幫忙宣傳（並在我們第一天提供預購的繁忙之日到場幫忙）。謝謝我的左右手安德莉雅；我切換成作家模式的時候，是妳確保我的生意繼續經營下去。

感謝親友的支持鼓勵，聆聽我聊工作上的事，就算你們其實不想聽。如果沒有你們，我就不可能有今天的成果。

最後，感謝麥克。你是這本書的開頭，也是這本書的結尾，理當如此。我愛你。

Eurasian Publishing Group
圓神出版事業機構
用心與你對話・視野無限寬廣
方智出版社
Fine Press

www.booklife.com.tw　reader@mail.eurasian.com.tw

生涯智庫 183

誰會說故事，誰就是贏家：

讓你在幾分鐘內感動人心，說服任何人、做成任何事

作　　者／金卓拉・霍爾
譯　　者／甘鎮隴
發 行 人／簡志忠
出 版 者／方智出版社股份有限公司
地　　址／台北市南京東路四段50號6樓之1
電　　話／（02）2579-6600・2579-8800・2570-3939
傳　　真／（02）2579-0338・2577-3220・2570-3636
總 編 輯／陳秋月
副總編輯／賴良珠
主　　編／黃淑雲
責任編輯／胡靜佳
校　　對／胡靜佳・黃淑雲
美術編輯／林雅錚
行銷企畫／詹怡慧・楊千萱
印務統籌／劉鳳剛・高榮祥
監　　印／高榮祥
排　　版／陳采淇
經 銷 商／叩應股份有限公司
郵撥帳號／ 18707239
法律顧問／圓神出版事業機構法律顧問　蕭雄淋律師
印　　刷／祥峰印刷廠
2020 年7月　初版
2024 年3月　9刷
STORIES THAT STICK: HOW STORYTELLING CAN CAPTIVATE CUSTOMERS, INFLUENCE AUDIENCES, AND TRANSFORM YOUR BUSINESS by KINDRA HALL
Copyright: © 2019 by Telzall, LLC
This edition arranged with JANE ROTROSEN AGENCY LLC through BIG APPLE AGENCY, INC., LABUAN, MALAYSIA.
Traditional Chinese edition copyright: 2020 FINE PRESS
All rights reserved.

定價 360 元　ISBN 978-986-175-557-1　版權所有・翻印必究
◎本書如有缺頁、破損、裝訂錯誤，請寄回本公司調換　Printed in Taiwan

不管你販賣什麼樣的產品、目標客群是誰，都能捕捉注意力，影響顧客的行爲，並改變走過橋上的每個人，這個最簡單也最有效的造橋辦法就是說故事。說故事的成果便是永久消弭鴻溝，使橋梁永續存在。到頭來，只有故事能深植人心。

——《誰會說故事，誰就是贏家》

◆ **很喜歡這本書，很想要分享**

圓神書活網線上提供團購優惠，
或洽讀者服務部 02-2579-6600。

◆ **美好生活的提案家，期待為您服務**

圓神書活網 www.Booklife.com.tw
非會員歡迎體驗優惠，會員獨享累計福利！

國家圖書館出版品預行編目資料

誰會說故事，誰就是贏家：讓你在幾分鐘內感動人心，說服任何人、做成任何事／金卓拉．霍爾 著；甘鎮隴 譯. -- 初版. -- 臺北市：方智，2020.07
304 面；20.8×14.8公分. --（生涯智庫；183）
譯自：Stories that stick.
ISBN 978-986-175-557-1（平裝）

1.演說術 2.說話藝術

811.9　　　　109006608